«Michel Houellebecq erzählt von Einsamkeit, Isolation und verzweifelter Sexbesessenheit ... Dass *Ausweitung der Kampfzone* zu Frankreichs literarischer Sensation wurde, verdankt der Roman zum einen der Freude seines Autors am gezielten Tabubruch: wegen eines Kapitels, in dem der Informatiker seinen verzweifelten Kollegen zum Sexualmord animiert. Vor allem aber bestechen Houellebecqs Montagetechnik und sein bisweilen grausamer, bisweilen tieftrauriger Humor. Philosophische Betrachtungen fließen als groteske Tierfabeln in die Handlung ein und werden verwoben mit nicht minder abenteuerlichen Geschichten wie der von Brigitte Bardot.» («taz»)

Michel Houellebecq, geboren 1958, arbeitete als Ingenieur und Informatiker. Bevor er diesen Roman schrieb, veröffentlichte er zwei Gedichtbände und Essays. Für *Ausweitung der Kampfzone* wurde er mit dem «Grand Prix national des lettres» sowie dem «Prix Flore» für den besten Erstlingsroman ausgezeichnet. Seit den heftigen Debatten um seinen zweiten Roman *Elementarteilchen*, der monatelang Platz eins der französischen Bestsellerliste besetzte, ist Houellebecq ein Kultautor und gilt in Frankreich als wichtigste literarische Stimme seiner Generation.

Michel Houellebecq

Ausweitung
der Kampfzone
Roman

Aus dem Französischen
von Leopold Federmair

Rowohlt Taschenbuch Verlag

Veröffentlicht im Rowohlt Taschenbuch Verlag GmbH,
Reinbek bei Hamburg, Mai 2000
Für die deutsche Ausgabe © 1999 by Verlag Klaus Wagenbach, Berlin
Die Originalausgabe erschien 1994 unter dem Titel
«Extension du domaine de la lutte» bei Maurice Nadeau, Paris
© 1994 by Maurice Nadeau, Paris
Umschlaggestaltung C. Günther / W. Hellmann
(Abbildung: «Seven Figures» 1985 von Bruce Naumann
© VG Bild-Kunst, Bonn 1999)
Satz Stempel Schneidler und Univers PostScript (PageOne)
Gesamtherstellung Clausen & Bosse, Leck
Printed in Germany
ISBN 3 499 22730 4

Die Schreibweise entspricht den Regeln der neuen Rechtschreibung

Erster Teil

Eins

*«Die Nacht ist fortgeschritten,
der Tag nähert sich. Befreien
wir uns also von den Werken
der Finsternis, kehren wir
zurück zu den Waffen des
Lichts.»*

Römerbrief, XIII, 12

Am Freitagabend war ich bei einem Arbeitskollegen eingeladen. Ungefähr dreißig Leute, alles mittlere Führungskräfte, fünfundzwanzig bis vierzig Jahre alt. Irgendwann begann plötzlich so eine kleine Verrückte sich auszuziehen. Erst hat sie ihr T-Shirt ausgezogen, dann den BH, dann ihren Rock, wobei sie unglaubliche Grimassen schnitt. Ein paar Sekunden lang drehte sie sich, nur mit dem Höschen bekleidet, im Kreis, und als ihr nichts mehr einfiel, begann sie sich wieder anzuziehen. Sie ist sonst ein Mädchen, das mit keinem ins Bett geht. Was das Absurde ihres Auftritts unterstreicht.

Nach meinem vierten Glas Wodka wurde mir ziemlich schlecht, ich musste mich hinlegen und ließ mich auf einen Haufen Kissen hinter dem Sofa fallen. Kurze Zeit später setzten sich zwei Frauen auf dieses Sofa. Keine Schönheiten, im Gegenteil: die beiden dicken Würstchen unserer Abteilung. Sie gehen zusammen essen und lesen Bücher über die Sprachentwicklung bei Kindern und ähnliches Zeug.

Sie fingen gleich an, die Neuigkeiten des Tages durchzugehen, dass nämlich ein Mädchen unserer Abteilung in einem superscharfen Minirock zur Arbeit gekommen war, der ihr gerade eben den Hintern bedeckte.

Und wie fanden sie das? Sie fanden das ausgezeichnet. Ihre Silhouetten zeichneten sich an der Wand über mir ab wie bizarr vergrößerte chinesische Schatten. Ihre Stimmen schienen von hoch oben zu kommen, ein wenig so, als spräche der Heilige Geist. Allerdings ging es mir in diesem Moment wirklich nicht gut.

Fünfzehn Minuten lang reihten sie Platitüden aneinander: dass sie das Recht hat, sich nach ihrem Geschmack zu kleiden, dass sie deshalb noch lange nicht darauf aus ist, alle Typen zu verführen, dass sie sich bloß in ihrer Haut wohl fühlen will, sich selber gefallen will usw. Die letzten bestürzenden Überreste nach dem Fall des Feminismus. Irgendwann habe ich diese Worte sogar mit lauter Stimme ausgesprochen: «Die letzten bestürzenden Überreste nach dem Fall des Feminismus.» Aber sie haben mich nicht gehört.

Auch mir war dieses Mädchen aufgefallen. Sie war nicht leicht zu übersehen. Sogar der Abteilungsleiter hatte einen Ständer.

Vor dem Ende der Diskussion bin ich eingeschlafen, aber ich hatte einen unangenehmen Traum. Die beiden Würstchen standen Arm in Arm auf dem Gang, der unsere Abteilung durchläuft, sie warfen die Beine in die Luft und sangen aus vollem Hals:

«Wenn ich meinen Arsch verneige,
Will ich nicht verfüh-ren!
Wenn ich Schenkelhaare zeige,
Will ich mich vergnü-gen!»

Das Mädchen mit dem Minirock stand in einer Türöffnung, aber diesmal trug sie ein langes schwarzes Kleid, wirkte mysteriös und zurückhaltend. Sie betrachtete die beiden lächelnd. Auf ihren Schultern saß ein riesiger Papagei, der den Abteilungsleiter darstellte. Von Zeit zu Zeit streichelte sie ihm mit lässiger, aber fachkundiger Hand das Bauchgefieder.

Als ich erwachte, merkte ich, dass ich auf den Teppich gekotzt hatte. Die Party ging dem Ende zu. Ich verbarg das Gekotzte unter einem Haufen Kissen, dann rappelte ich mich hoch und wollte versuchen, nach Hause zu fahren. Da erst fiel mir auf, dass ich meinen Wagenschlüssel verloren hatte.

Zwei
Jede Menge Marcels

Der übernächste Tag war ein Sonntag. Ich habe das ganze Stadtviertel abgesucht, aber der Wagen blieb unauffindbar. Ich erinnerte mich nicht im Geringsten, wo ich ihn abgestellt hatte; alle Straßen schienen mir gleichermaßen in Frage zu kommen. Die Rue Marcel Sembat, Marcel Dassault ... alles Marcel. Rechteckige Wohnhäuser, in denen die Leute wohnen. Ein heftiges Gefühl von Gleichförmigkeit. Aber wo war mein Wagen?

Während ich zwischen all diesen Marcels umherstreifte, überkam mich immer mehr ein Widerwille gegen die Autos und überhaupt gegen die Dinge dieser Welt. Seit ich ihn gekauft habe, hat mir mein Peugeot 104 nichts als Ärger beschert: verschiedenste, kaum verständliche Reparaturen, kleine Zusammenstöße ... Natürlich geben sich die gegnerischen Fahrer in diesen Fällen locker, sie zücken ihre Formulare für gütliche Einigung und sagen: «Okay, nicht so schlimm», aber im Grunde werfen sie einem hasserfüllte Blicke zu. Ziemlich widerwärtig ist das.

Außerdem, wenn man die Sache genauer betrachtete, fuhr ich ohnehin mit der Metro zur Arbeit; an den Wochenenden fuhr ich kaum noch ins Grüne, weil mir keine Ziele einfielen; hatte ich Ferien, so entschied ich mich meistens für eine organisierte Reise, manchmal für einen

Aufenthalt im Club. «Wozu dieses Auto?», wiederholte ich mir ungeduldig, als ich in die Rue Émile Landrin bog.

Dennoch kam mir erst beim Einbiegen in die Rue Ferdinand Buisson der Gedanke, Anzeige wegen Diebstahls zu erstatten. Zahllose Autos werden heutzutage gestohlen, vor allem in der nahen Banlieue; die kleine Geschichte würde ohne weiteres verstanden und geschluckt werden, sowohl von der Versicherungsgesellschaft als auch von meinen Arbeitskollegen. Oder sollte ich ihnen etwa gestehen, dass ich meinen Wagen verloren hatte? Man würde mich unweigerlich für einen Witzbold halten, für nicht ganz normal oder für einen Hanswurst. Nein, das wäre nicht klug. Wenn es um so etwas geht, sind Scherze überhaupt nicht gefragt; bei diesen Dingen kommt man zu seinem guten oder schlechten Ruf, Freundschaften festigen sich oder zerbrechen. Ich kenne das Leben, ich bin es gewohnt. Wenn einer zugibt, dass er seinen Wagen verloren hat, erklärt er praktisch seinen Austritt aus dem Gemeinwesen; Diebstahl klingt entschieden besser.

Später am Abend wurde meine Einsamkeit schmerzlich spürbar. Beschriebene Blätter, leicht befleckt von einem Rest Saupiquet-Thunfisch auf katalanische Art, übersäten den Küchentisch. Es handelte sich um Notizen zu einer Tiererzählung. Die Tiererzählung ist ein literarisches Genre wie andere auch, vielleicht sogar höher zu bewerten; wie dem auch sei, ich schreibe Tiererzählungen. Diese hier trug den Titel «Gespräche zwischen einer Kuh und einem Fohlen»; man könnte sie als ethische Betrachtung bezeichnen; angeregt wurde sie durch einen kurzen, berufsbedingten Aufenthalt im Pays de Léon. Hier ein charakteristischer Ausschnitt:

«Betrachten wir zuerst die bretonische Kuh. Das ganze Jahr über denkt sie nur ans Weiden, ihr glänzendes Maul senkt und hebt sich mit beeindruckender Regelmäßigkeit, und kein ängstliches Zittern trübt den pathetischen Blick ihrer hellbraunen Augen. Das alles scheint sehr bedeutend; das alles scheint sogar auf eine tiefe existentielle Einheit zu verweisen, auf eine in mehrerlei Hinsicht beneidenswerte Einheit zwischen ihrem Dasein und ihrem Sein. Doch leider sieht sich der Philosoph in diesem Fall bei einem Fehler ertappt, und seine Schlussfolgerungen, obgleich auf eine tiefe und richtige Intuition sich gründend, werden von schweren Gebrechen befallen, wenn er nicht zuvor daran gedacht hat, sich naturkundliche Kenntnisse anzueignen. Tatsächlich ist das Wesen der bretonischen Kuh ein doppeltes. Zu gewissen Zeiten des Jahres, die der unerbittliche Ablauf des genetischen Programms auf das Genaueste festlegt, vollzieht sich in ihrem Wesen eine erstaunliche Veränderung. Ihr Muhen wird kräftiger und anhaltender, und die harmonische Struktur dieses Muhens verändert sich so sehr, dass es manchmal auf verblüffende Weise an gewisse Klagelaute erinnert, wie sie den Menschenkindern entfahren. Die Bewegungen der Kuh werden schneller, nervöser; mitunter trippelt sie. Sogar ihr Maul, das doch in seiner glänzenden Regelmäßigkeit wie geschaffen schien, um die absolute Dauer einer mineralischen Weisheit widerzuspiegeln, verzieht und verzerrt sich unter der schmerzhaften Wirkung eines übermächtigen Begehrens.

Des Rätsels Lösung ist sehr einfach, nämlich wie folgt: Der bretonischen Kuh steht der Sinn danach (und sie manifestiert auf diese Weise – der Gerechtigkeit halber sei es gesagt – das einzige Begehren ihres Lebens), ‹sich stopfen zu lassen›, wie es in der zynischen Sprache der Viehzüchter heißt. Die Züchter stopfen die Kuh, auf mehr oder minder direkte Weise; die Spritze der künstlichen Besamung kann, wenn auch um den Preis gewisser emotionaler Komplikationen, zu diesem Zweck den Stierpenis ersetzen. In beiden Fällen beruhigt sich die Kuh und kehrt zu ihrem bedächtig meditativen Urzustand zurück, mit dem einen Unterschied, dass sie ein paar Monate später einem entzückenden Kälbchen das Leben schenken wird. Was, nebenbei gesagt, für den Züchter ein gutes Geschäft ist.»

Natürlich symbolisierte der Viehzüchter Gott. Von einer irrationalen Zuneigung zum Fohlen getrieben, versprach er diesem schon im nächsten Kapitel die ewige Lust zahlloser Hengste, während die Kuh, der Sünde des Hochmuts schuldig, nach und nach zu den traurigen Freuden der künstlichen Befruchtung verdammt wurde. Das pathetische Muhen des Horntiers erwies sich als ungeeignet, das Urteil des Großen Baumeisters ins Wanken zu bringen. Einer Abordnung von Schafen, die sich solidarisch erklärt hatten, erging es nicht besser. Der in dieser kurzen Erzählung auftretende Gott war, wie man sieht, kein barmherziger Gott.

Drei

Die Schwierigkeit ist, dass es nicht genügt, wenn Sie genau den Regeln entsprechend leben. Es gelingt Ihnen ja (wenn auch oft nur ganz knapp, aber alles in allem schaffen Sie es doch), den Regeln entsprechend zu leben. Ihre Steuererklärung ist in Ordnung. Die Rechnungen werden pünktlich bezahlt. Sie gehen nie ohne Personalausweis aus dem Haus (nicht zu vergessen: das kleine Etui für die Scheckkarte …).

Trotzdem haben Sie keine Freunde.

Die Regeln sind komplex und vielfältig. Außerhalb der Arbeitsstunden sind da die Einkäufe, die Sie wohl oder übel erledigen müssen, die Bargeldautomaten, von denen Sie Geld abheben müssen (und vor denen Sie oft Schlange stehen). Vor allem sind da die verschiedenen Zahlungen, die Sie den Institutionen zukommen lassen müssen, die die verschiedenen Aspekte Ihres Lebens verwalten. Zu allem Überfluss können Sie auch noch krank werden, was zusätzliche Kosten und Formalitäten mit sich bringt.

Dennoch bleibt ein Stück Freizeit übrig. Was tun? Wie sie nützen? Vielleicht sich den Mitmenschen widmen? Aber im Grunde interessieren die Mitmenschen Sie kaum. Platten hören? Das war einmal eine Lösung, aber im Lauf der Jahre mussten Sie einsehen, dass Musik Sie von Mal zu Mal weniger berührt.

Basteln, im weitesten Sinne, könnte ein Weg sein. Aber in Wahrheit kann nichts die immer häufigere Wiederkehr jener Augenblicke verhindern, in denen Ihre absolute Einsamkeit, das Gefühl einer universellen Leere und die Ahnung, dass Ihre Existenz auf ein schmerzhaftes und endgültiges Desaster zuläuft, Sie in einen Zustand echten Leidens stürzen.

Trotzdem haben Sie immer noch keine Lust zu sterben.

Sie haben ein Leben gehabt. Es gab Augenblicke, in denen hatten Sie ein Leben. Natürlich erinnern Sie sich nicht mehr genau daran; aber es gibt Fotografien, die es beweisen. Wahrscheinlich war das in ihrer Jugendzeit oder ein wenig später. Wie groß war damals ihr Lebenshunger! Die Existenz schien Ihnen reich an ungeahnten Möglichkeiten. Sie hätten Schlagersänger werden oder nach Venezuela gehen können.

Was noch überraschender ist, Sie hatten eine Kindheit. Sehen Sie sich ein siebenjähriges Kind an, das mit seinen Spielzeugsoldaten auf dem Wohnzimmerteppich spielt. Bitte sehen Sie aufmerksam hin. Seit der Scheidung hat es keinen Vater mehr. Seine Mutter, die einen wichtigen Posten in einer Kosmetikfirma bekleidet, sieht es eher selten. Trotzdem spielt das Kind mit seinen Miniatursoldaten und bekundet für diese Figuren aus der Welt des Krieges ein lebhaftes Interesse. Sicher, es fehlt ihm bereits ein wenig an Zuneigung; aber wie es sich mit ganzer Seele für die Welt interessiert!

Auch Sie haben sich für die Welt interessiert. Das ist lange her; versuchen Sie bitte, sich daran zu erinnern. Das Gebiet der Vorschriften hat Ihnen nicht mehr genügt; Sie konnten nicht länger im Gebiet der Vorschriften leben; also mussten Sie in die Kampfzone eindringen. Versetzen Sie sich bitte genau an diesen Zeitpunkt zurück. Es ist lange her, nicht wahr? Erinnern Sie sich: Das Wasser war kalt.

Jetzt sind Sie weit weg vom Ufer. O ja, wie weit weg Sie vom Ufer sind! Lange Zeit haben Sie an die Existenz eines anderen Ufers geglaubt; jetzt nicht mehr. Trotzdem schwimmen Sie weiter, und jede ihrer Bewegungen bringt Sie dem Ertrinken näher. Sie bekommen keine Luft mehr, Ihre Lungen brennen. Das Wasser kommt Ihnen immer kälter vor, immer bitterer kommt es Ihnen vor. Sie sind nicht mehr ganz jung. Sie werden sterben, jetzt gleich. Es ist nichts. Ich bin da. Ich lasse Sie nicht fallen. Lesen Sie weiter.

Erinnern Sie sich noch einmal an Ihr Eindringen in die Kampfzone.

Die folgenden Seiten bilden einen Roman. Ich verstehe darunter eine Abfolge von kleinen Geschichten, deren Held ich bin. Es ist wirklich nicht eine Enscheidung für einen autobiographischen Stil; so oder so bleibt mir keine andere Wahl. Wenn ich nicht aufschreibe, was ich gesehen habe, werde ich ebenso leiden – vielleicht sogar ein wenig mehr. Nur ein wenig, das will ich betonen. Das Schreiben bringt kaum Erleichterung. Es zieht Linien nach und grenzt ab. Es führt die Spur eines Zusammenhangs ein, eine Ahnung von Realismus. Man watet zwar immer noch in einem blutigen Nebel, doch gibt es wenigstens ein paar

Anhaltspunkte. Das Chaos ist nur noch ein paar Meter entfernt. Ein schwaches Ergebnis, schon wahr.

Welch ein Kontrast zur absoluten, wunderbaren Macht des Lesens! Ein Leben lang nichts als lesen, das hätte meine Wünsche erfüllt; ich wusste es schon mit sieben Jahren. Die Beschaffenheit der Welt ist schmerzhaft und ungeeignet; ich glaube nicht, dass sich daran etwas ändern lässt. Wirklich, ein mit Lesen ausgefülltes Leben hätte mir besser gepasst.

Ein solches Leben war mir nicht vergönnt.

Vor kurzem bin ich dreißig geworden. Nach chaotischem Beginn verlief mein Studium ziemlich erfolgreich; heute bin ich eine mittlere Führungskraft. Als Programmierer in einem EDV-Dienstleistungsbetrieb verdiene ich netto das Zweieinhalbfache vom Mindestlohn; das ist eine ganze Menge Kaufkraft. Im Schoße meiner Firma wird sie mit der Zeit deutlich ansteigen; es sei denn, ich entschließe mich wie viele andere, bei einem unserer Kunden einzusteigen. Im Großen und Ganzen kann ich mit meiner gesellschaftlichen Stellung zufrieden sein. In sexueller Hinsicht dagegen sieht es weniger berauschend aus. Ich habe mehrere Freundinnen gehabt, aber immer nur für kurze Zeit. Da ich nicht besonders schön oder charmant bin und zudem häufig unter Depressionen leide, entspreche ich dem, was die Frauen in erster Linie suchen, nicht im Geringsten. Auch habe ich bei den Frauen, die mir ihre Organe geöffnet haben, immer einen leichten Widerwillen gespürt; im Grunde war ich für sie nicht viel mehr als ein Notbehelf. Nicht gerade ein idealer Ausgangspunkt für eine dauerhafte Beziehung.

Seit meiner Trennung von Véronique vor zwei Jahren

habe ich nicht eine einzige Frau kennen gelernt. Die schwachen und inkonsequenten Versuche in dieser Richtung haben bloß zu vorhersehbaren Misserfolgen geführt. Zwei Jahre, das erscheint als eine lange Zeit. Aber in Wirklichkeit vergehen sie, vor allem wenn man arbeitet, sehr schnell. Das wird Ihnen jeder bestätigen: zwei Jahre vergehen sehr schnell.

Vielleicht sind Sie, geneigter Freund und Leser, ja selbst eine Frau. Das kann schon vorkommen; machen Sie sich nichts daraus. Außerdem ändert es wenig an dem, was ich Ihnen zu sagen habe. Bei mir gibt es für jeden Geschmack etwas.

Nun will ich Sie nicht mit feinsinnigen psychologischen Darstellungen bezaubern. Es geht mir nicht darum, Ihnen durch Raffinesse und Humor Beifall zu entlocken. Es gibt Autoren, die ihr Talent zur subtilen Beschreibung verschiedenartigster Seelenzustände, Charakterzüge usw. benutzen. Zu ihnen gehöre ich nicht. Die Anhäufung realistischer Details, durch die vor dem inneren Auge des Lesers differenzierte Figuren entstehen sollen, ist mir immer als, entschuldigen Sie, wenn ich das sage, reines Gewäsch erschienen. Daniel, der mit Hervé befreundet ist, aber eine gewisse Abneigung gegen Gérard verspürt. Das Phantom Paul, das sich in Virginie verkörpert; die Venedigreise meiner Kusine ... Damit könnte man Stunden zubringen. Was dasselbe ist, wie wenn man Hummer beobachtet, die in einem Aquarium aufeinander herumkriechen (es genügt dazu, in ein Fischrestaurant zu gehen). Im Übrigen verkehre ich wenig mit Menschen.

Im Unterschied dazu werde ich, um mein Ziel zu erreichen, das mehr ins Philosophische geht, vor allem Streichungen vornehmen müssen. Ich werde vereinfachen müssen. Schlag um Schlag eine Menge Details vernichten. Dabei wird mir das simple Spiel der Bewegung der Zeitgeschichte helfen. Vor unseren Augen uniformiert sich die Welt; die Telekommunikation schreitet unaufhaltsam voran; neue Apparaturen bereichern das Wohnungsinventar. Zwischenmenschliche Beziehungen werden zunehmend unmöglich, was die Zahl der Geschichten, aus denen sich ein Leben zusammensetzt, entsprechend verringert. Und langsam erscheint das Antlitz des Todes in seiner ganzen Herrlichkeit. Das dritte Jahrtausend lässt sich gut an.

Vier
Bernard, oh Bernard

Als ich am nächsten Montag wieder ins Büro kam, erfuhr ich, dass meine Firma soeben ein Software-Paket an das Landwirtschaftsministerium verkauft hatte und dass ich dazu bestimmt worden war, die Einführung zu übernehmen. Dies wurde mir von Henry La Brette angekündigt (ihm liegt viel an dem «y», wie auch an der Trennung seines Familiennamens). Henry La Brette ist wie ich dreißig Jahre alt und mein unmittelbarer Vorgesetzter; unsere Beziehungen sind im Allgemeinen von einer dumpfen Feindseligkeit geprägt. Als wäre es ihm ein persönliches Vergnügen, mir Ärger zu machen, hat er mir gleich zur Begrüßung eröffnet, dass dieser Vertrag mehrere Dienstreisen nötig machen würde: nach Rouen, nach La Roche-sur-Yon und wer weiß wohin noch. Diese Reisen sind für mich immer ein Albtraum gewesen; Henry La Brette weiß das genau. Ich hätte antworten können: «Na gut, dann kündige ich.» Aber ich habe es nicht getan.

Lange bevor das Wort in Mode kam, hat meine Firma eine regelrechte «Unternehmenskultur» entwickelt (Schaffung eines Logos, Verteilung von Sweat-Shirts an die Angestellten, Motivationsseminare in der Türkei). Wir sind ein leistungsstarker Betrieb, der auf seinem Gebiet einen beneidenswerten Ruf genießt; in jeder Hinsicht ein guter

Laden. Es versteht sich von selbst, dass ich hier nicht aus einer Laune heraus kündigen kann.

Es ist zehn Uhr morgens. In einem weißen, ruhigen Büro sitze ich einem Typ gegenüber, etwas jünger als ich, der vor kurzem in die Firma eingetreten ist. Ich glaube, er heißt Bernard. Seine Mittelmäßigkeit ist schwer zu ertragen. Er redet ununterbrochen von Geldanlagen und Gewinnchancen: Investmentgesellschaften, Pfandbriefe, Bausparverträge ... alles wird durchgegangen. Er rechnet mit einem Zinssatz, der eine Spur höher liegt als die Inflationsrate. Langsam geht er mir auf die Nerven; es gelingt mir nicht, eine Antwort zu finden. Sein Schnurrbart bewegt sich.

Wenn er das Büro verlässt, kehrt die Stille zurück. Wir arbeiten in einem vollkommen verwüsteten Stadtteil, der vage an eine Mondlandschaft erinnert. Irgendwo im 13. Arrondissement. Wenn man mit dem Bus kommt, könnte man wahrhaftig meinen, der dritte Weltkrieg sei gerade vorbei. Aber nein, es handelt sich bloß um einen Sanierungsplan.

Unsere Fenster gehen auf eine nahezu grenzenlose, mit Bretterzäunen gespickte Schlammwüste. Ein paar Betonskelette. Stillstehende Kräne. Die Atmosphäre ist ruhig und kalt.

Bernard kommt zurück. Um die Stimmung aufzuheitern, erzähle ich ihm, dass es in dem Haus, wo ich wohne, schlecht riecht. Mir ist aufgefallen, dass die meisten Leute diese Stinkgeschichten gern hören; und tatsächlich habe ich heute Morgen im Treppenhaus einen widerlichen Gestank gerochen. Was macht bloß die Putzfrau, die sonst immer so eifrig ist?

Er sagt: «Da muss irgendwo eine tote Ratte sein.» Die Vorstellung scheint ihn, weiß Gott warum, zu amüsieren. Sein Schnurrbart bewegt sich leicht.

Armer Bernard, in gewisser Weise. Was kann er schon mit seinem Leben anfangen? CDs in der FNAC kaufen? Ein Typ wie er müsste eigentlich Kinder haben. Hätte er Kinder, könnte man hoffen, dass am Ende noch etwas zustande kommt aus diesem Gewimmel von kleinen Bernards. Aber nein, er ist nicht einmal verheiratet. Bloß eine trockene Frucht.

Im Grunde ist er nicht einmal zu bedauern, der gute, liebe Bernard. Ich glaube sogar, dass er glücklich ist – in dem Maß, das ihm zusteht, natürlich. In seinem Bernard-Maß.

Fünf
Kontaktaufnahme

Später vereinbarte ich einen Termin im Landwirtschaftsministerium. Am Telefon war ein Mädchen namens Catherine Lechardoy. Das Software-Paket hingegen nannte
sich «Sycomore». Die richtige Sykomore ist ein von den
Möbeltischlern geschätzter Baum, der außerdem einen sü-
ßen Saft liefert und in bestimmten Gegenden der gemäßigt
kalten Zone wächst; er ist besonders in Kanada verbreitet.
Das Sycomore-Programm ist in Pascal geschrieben, mit bestimmten Routinen in C++. Pascal ist ein französischer
Schriftsteller des 17. Jahrhunderts, Verfasser der berühmten
Pensées. Zugleich ist es eine leistungsstark strukturierte, besonders für statistische Erhebungen geeignete Program-
miersprache, die zu beherrschen ich in der Vergangenheit
gelernt hatte. Das Sycomore-Programm sollte dabei helfen, den Landwirten die Regierungszuschüsse auszuzah-
len, wofür Catherine Lechardoy zuständig war – auf der
Ebene der Informatik, versteht sich. Wir hatten uns bisher
noch nie getroffen. Es handelte sich also um eine «erste
Kontaktaufnahme».

Das Faszinierende an unserer Tätigkeit im EDV-En-
gineering ist zweifelsohne der Kontakt zur Kundschaft; jedenfalls pflegen das die Verantwortlichen des Unterneh-
mens bei einem Glas Feigenschnaps zu betonen (beim

letzten Seminar im Village-Club in Kuşadasi habe ich manchmal ihre Swimmingpoolgespräche belauscht).

Ich hingegen sehe dem ersten Kontakt zu einem neuen Kunden stets mit leichter Besorgnis entgegen. Man stößt da auf verschiedenartige Wesen, die in einer vorgegebenen Struktur organisiert sind und an deren Gegenwart man sich wird gewöhnen müssen – eine wenig erfreuliche Aussicht. Natürlich hat mich die Erfahrung bald gelehrt, dass ich ohnehin nur Leute treffen muss, die vielleicht nicht alle ganz gleich sind, sich aber in Gewohnheiten, Meinungen, Geschmäckern und allgemeiner Lebenshaltung weitgehend ähneln. Daher gibt es eigentlich nichts zu befürchten, zumal der rein berufliche Charakter der Begegnung in der Regel ihre Harmlosigkeit garantiert. Trotzdem hatte ich auch Gelegenheit, zu beobachten, dass sich die Menschen immer wieder gern durch ausgeklügelte, meist ärgerliche Variationen, Defekte, Charakterzüge und so weiter hervortun – natürlich um ihr Gegenüber zu nötigen, sie als vollwertige Individuen zu behandeln. So spielt der eine gern Tennis, der andere schwingt sich aufs Pferd, der dritte entpuppt sich als Golfspieler. Es gibt Manager, die schwärmen für Heringfilets; andere verabscheuen sie. So viele Schicksale, so viele Lebensläufe. Obwohl der allgemeine Rahmen eines «ersten Kontakts mit dem Kunden» klar umrissen ist, bleibt leider doch immer ein Quäntchen Ungewissheit.

In diesem Fall war Catherine Lechardoy, als ich im Büro 6017 erschien, gar nicht da. Sie habe, wurde mir mitgeteilt, «noch eine Kleinigkeit im Hauptcomputerraum zu erledigen». Man bat mich, Platz zu nehmen und auf sie zu warten, was ich tat. Das Gespräch drehte sich um das gestrige

Attentat auf den Champs-Élysées. Jemand hatte unter einer Sitzbank eines Cafés eine Bombe versteckt. Zwei Personen kamen ums Leben. Einer dritten wurden die Beine abgetrennt und das halbe Gesicht weggerissen; sie bleibt für den Rest ihres Lebens verstümmelt und blind. Ich erfuhr, dass es sich nicht um das erste Attentat handelte; wenige Tage zuvor war in einem Postamt nahe dem Rathaus eine Bombe explodiert und hatte eine etwa fünfzigjährige Frau zerfetzt. Ich erfuhr auch, dass diese Bomben von arabischen Terroristen gelegt worden waren, die die Freilassung anderer arabischer Terroristen verlangten, die in Frankreich wegen mehrerer Morde im Gefängnis saßen.

Gegen siebzehn Uhr musste ich aufs Polizeikommissariat, um den Diebstahl meines Wagens zu melden. Catherine Lechardoy war nicht gekommen, und an dem Gespräch hatte ich mich kaum beteiligt. Die Kontaktaufnahme wird wohl an einem anderen Tag stattfinden.

Der Inspektor, der meine Aussage tippte, war ungefähr in meinem Alter. Offensichtlich stammte er aus der Provence; er trug einen Ehering. Ich fragte mich, ob seine Frau, seine eventuellen Kinder und er selbst in Paris glücklich waren. Die Frau vielleicht Postangestellte, die Kinder in der Krippe? Kann man nicht wissen.

Erwartungsgemäß war er ein wenig enttäuscht und verbittert: «Diebstähle … kommen den ganzen Tag rein … keine Chance … werden sowieso gleich wieder freigelassen …» Er gewann meine Zustimmung und Sympathie, als er diese einfachen, wahren Worte aussprach, die seiner täglichen Erfahrung entsprangen. Aber ich konnte nichts tun, um seine Bürde leichter zu machen.

Gegen Ende schien mir seine Verbitterung jedoch eine

leicht positive Färbung anzunehmen: «Also, auf Wiedersehen! Vielleicht finden wir ihn ja doch, Ihren Wagen!
Kommt manchmal vor ...» Ich glaube, er wollte noch wei-
terreden; aber es gab sonst nichts zu sagen.

Sechs
Die zweite Chance

Am nächsten Morgen wird mir mitgeteilt, dass ich einen Fehler gemacht habe. Ich hätte darauf bestehen müssen, Catherine Lechardoy zu sprechen. Mein stummer Abgang war beim Landwirtschaftsministerium nicht gut angekommen.

Ich erfahre außerdem, und das ist eine Überraschung, dass meine Arbeit während des vorhergehenden Auftrags nicht ganz zufrieden stellend ausgefallen ist. Es war mir bisher verschwiegen worden, aber ich hatte Missfallen erregt. Der neue Auftrag aus dem Landwirtschaftsministerium ist in gewisser Weise meine zweite Chance. Mein Abteilungsleiter setzt eine besorgte Miene auf, wie man sie aus amerikanischen Fernsehserien kennt, und sagt: «Wir stehen im Dienst des Kunden, wie Sie wissen. In unserem Beruf bekommt man leider nur selten eine zweite Chance ...»

Es tut mir Leid, diesem Mann Verdruss zu bereiten. Er ist sehr schön. Sinnliches, zugleich männliches Gesicht, graue, kurz geschnittene Haare. Weißes Hemd aus einwandfreiem, sehr feinem Stoff, der den kräftigen, sonnengebräunten Brustkorb durchscheinen lässt. Club-Krawatte. Natürliche, sichere Bewegungen, Zeichen einer hervorragenden körperlichen Verfassung.

Mir fällt nur die, wie ich finde, reichlich schwache Entschuldigung ein, dass mir vor kurzem mein Wagen gestohlen worden sei. Ich berufe mich auf psychische Probleme, die dadurch entstanden seien und gegen die anzukämpfen ich entschlossen sei. Augenblicklich tritt bei meinem Abteilungsleiter eine Veränderung ein; der Diebstahl meines Wagens empört ihn sichtlich. Er habe ja nicht gewusst; er konnte doch nicht ahnen; jetzt verstehe er alles besser. Als er mich entlässt, begleitet er mich zur Tür seines Büros, stemmt seine Füße in den dicken, perlgrauen Teppich und wünscht mir gerührt, ich möge «die Sache durchstehen».

Sieben
Catherine, kleine Catherine

> «*Good times are coming*
> *I hear it everywhere I go*
> *Good times are coming*
> *But they're sure coming slow.*»
> Neil Young

Die Pförtnerin im Landwirtschaftsministerium trägt immer noch einen Minirock aus Leder; aber diesmal brauche ich sie nicht, um das Büro 6017 zu finden.

Catherine Lechardoy bestätigt von Anfang an alle meine Befürchtungen. Sie ist fünfundzwanzig, hat ein Technikerdiplom in Informatik und schlechte Zähne. Ihre Aggressivität ist erstaunlich: «Hoffen wir, dass Ihr Programm funktioniert! Und zwar besser als das letzte, das wir Ihnen abgekauft haben … reiner Schrott. Aber schließlich entscheide ich ja nicht, was wir kaufen. Ich bin hier die brave Liese, die die Dummheiten der anderen ausbaden muss …» usw.

Ich erkläre ihr, dass ich auch nicht entscheide, was wir verkaufen. Und schon gar nicht, was wir produzieren. In Wirklichkeit entscheide ich überhaupt nichts. Weder sie noch ich entscheiden irgendetwas. Ich bin nur gekommen, um ihr zu helfen, um ihr Exemplare des Benutzerhandbuchs zu geben und zu versuchen, mit ihr ein Programm für die Einführung zusammenzustellen ... Aber nichts von alldem kann sie beschwichtigen. Ihr Zorn ist heftig und sitzt tief. Jetzt redet sie von Methodologie. Ihrer Meinung nach müsste sich jedermann einer strengen Methodologie unterordnen, die auf dem strukturierten Programm basiert; stattdessen herrscht überall Anarchie, die Programme sind auf x-beliebige Weise heruntergeschrieben, jeder sitzt in seiner Ecke und macht, was er will, ohne sich um die anderen zu scheren, es gibt keine Verständigung, es gibt keinen gemeinsamen Plan, es gibt keine Harmonie, Paris ist eine grauenhafte Stadt, die Leute kommen nicht mehr zusammen, sie interessieren sich nicht einmal für ihre Arbeit, alles ist oberflächlich, jeder geht um sechs Uhr nach Hause, ob die Arbeit erledigt ist oder nicht, das alles ist ihnen scheißegal.

Sie schlägt vor, einen Kaffee trinken zu gehen. Natürlich bin ich einverstanden. Wir gehen zum Münzautomaten. Ich habe kein Kleingeld, sie gibt mir zwei Francs. Der Kaffee ist ekelhaft, aber das bremst sie nicht in ihrem Elan. In Paris kann man mitten auf der Straße verrecken, und keiner schert sich darum. Bei ihr zu Hause, im Béarn, ist das anders. Jedes Wochenende fährt sie nach Hause, ins Béarn. Und abends besucht sie Kurse am CNAM, um beruflich voranzukommen. Noch drei Jahre, und sie hat vielleicht ihr Ingenieursdiplom in der Tasche.

Ingenieur. Ich bin Ingenieur. Ich muss etwas sagen. Mit leicht verkümmerter Stimme erkundige ich mich:

«Welche Kurse?»

«Controlling, Faktorenanalyse, Algorithmik, Buchhaltung.»

«Wohl eine Menge Arbeit ...», bemerkte ich etwas vage.

Ja, viel Arbeit, aber Arbeit macht ihr keine Angst. Abends arbeitet sie oft bis Mitternacht in ihrer kleinen Einzimmerwohnung, um ihre Aufgaben zu machen. Auf alle Fälle muss man kämpfen, um im Leben etwas zu bekommen: Das war immer schon ihre Meinung.

Wir steigen die Treppe hoch zu ihrem Büro. «Na gut, dann kämpf, kleine Catherine», sage ich melancholisch zu mir. Sie ist wirklich nicht sonderlich hübsch. Abgesehen von den schlechten Zähnen hat sie glanzloses Haar und kleine, vor Zorn funkelnde Augen. Kaum Brüste, keinen Hintern. Gott hat es wirklich nicht gut mit ihr gemeint.

Ich denke, wir werden uns sehr gut verstehen. Sie scheint entschlossen, alles in die Hand zu nehmen und einzuteilen, ich werde nur noch reisen und meine Kurse abhalten müssen. Das passt mir hervorragend ins Konzept; ich habe überhaupt keine Lust, ihr zu widersprechen. Ich glaube nicht, dass sie sich in mich verlieben wird. Ich bin sicher, dass sie nicht im Traum daran denkt, mit irgendeinem Typ etwas anzufangen.

Gegen elf Uhr platzt eine neue Figur in das Büro. Der Mann heißt Patrick Leroy und teilt offensichtlich das Büro mit Catherine. Hawaii-Hemd, eng anliegende Jeans und ein Schlüsselbund am Gürtel, der beim Gehen Krach macht. Er sei ein bisschen geschlaucht, sagt er. Er hat die Nacht mit einem Kumpel in einem Jazzkeller verbracht, es ist ihnen gelungen, «zwei Mädels abzuschleppen». Jetzt ist er zufrieden.

Den Rest des Vormittags verbringt er mit Telefonieren. Er spricht laut.

Beim dritten Telefonat (mit einem Mädchen) kommt er auf ein an sich nicht sehr lustiges Thema zu sprechen: Eine gemeinsame Freundin ist bei einem Autounfall ums Leben gekommen. Erschwerender Umstand: Am Steuer saß ein anderer Kumpel, den er «der Fred» nennt. Und dieser Fred ist heil davongekommen.

Das alles ist eigentlich eher deprimierend, aber es gelingt ihm, den düsteren Aspekt der Sache durch eine Art von zynischer Vulgarität zu überspielen, wobei er die Füße auf den Tisch legt und sich einer fetzigen Sprache bedient: «Nathalie war echt in Ordnung ... Außerdem ein steiler Typ. Total übel ist das, echt bescheuert ... Warst du beim Begräbnis? Mir liegt das nicht so, Begräbnisse. Außerdem, wer hat schon was davon ... vielleicht die Alten, wenn überhaupt. Was, der Fred war da? Der schreckt vor nichts zurück, dieser Vollidiot.»

Ich war erleichtert, als endlich Mittagspause war.

Am Nachmittag musste ich zum Leiter der «EDV-Studienabteilung». Ich weiß auch nicht, warum. Jedenfalls hatte ich ihm nichts zu sagen.

Ich wartete eineinhalb Stunden in einem leeren, etwas dunklen Büro. Ich hatte keine rechte Lust, das Licht anzumachen; auch weil ich meine Anwesenheit nicht verraten wollte.

Bevor ich mich in dieses Büro setzte, hatte mir jemand einen umfangreichen Bericht mit dem Titel «Leitschema für den EDV-Plan des Landwirtschaftsministeriums» in die Hand gedrückt. Auch hier war mir unklar, wozu. Das Dokument betraf mich nicht im Geringsten. Laut Einleitung widmete es sich einem «Versuch der Vorausdefinition verschiedener archetypischer Szenarien, entworfen im Rahmen des Prozesses einer Zieldeterminierung». Die Ziele selbst, die eine «verfeinerte Analyse in Hinsicht auf ihre

Wünschbarkeit» rechtfertigten, waren zum Beispiel die Steuerung der Subventionspolitik für die Bauern, die Entwicklung eines wettbewerbsfähigeren Agrarsektors auf europäischer Ebene, die Verbesserung der Handelsbilanz auf dem Gebiet der Frischprodukte ... Ich blätterte den Bericht rasch durch, wobei ich die komischsten Sätze mit Bleistift unterstrich. Zum Beispiel: «Das strategische Niveau besteht in der Realisierung eines globalen Informationssystems, das durch die Integration heterogen gestreuter Subsysteme zu erstellen ist.» Oder: «Dringend nötig scheint die Durchsetzung eines kanonischen Beziehungsmodells, das mittelfristig zu einer objektorientierten Datenbank führen wird.» Schließlich kam eine Sekretärin, um mir zu sagen, dass die Sitzung länger dauern werde und ihr Chef heute leider keine Zeit mehr für mich hätte. Ich bin also nach Hause gefahren. Wenn mein Monatsgehalt kommt, werde ich mir ins Fäustchen lachen

In der Métro-Station Sèvres-Babylone habe ich ein merkwürdiges Graffito gesehen: «Gott wollte Ungleichheit, nicht Ungerechtigkeit», verkündete die Inschrift. Ich fragte mich, wer die Person war, die so gut über die Absicht Gottes Bescheid wusste.

Acht

Am Wochenende verkehre ich in der Regel mit niemandem. Ich bleibe zu Hause, räume ein wenig auf, kultiviere eine kleine Depression.

Diesen Samstag aber, zwischen zwanzig und dreiundzwanzig Uhr, steht Mitmenschlichkeit auf dem Programm. Ich gehe mit einem Freund, der Pfarrer ist, in ein mexikanisches Restaurant essen. Das Restaurant ist gut; kein Problem in dieser Hinsicht. Aber ist mein Freund noch mein Freund?

Wir haben zusammen studiert. Damals waren wir zwanzig: Blüte der Jugend. Jetzt sind wir dreißig. Nachdem er sein Ingenieursdiplom bekommen hatte, ging er ins Priesterseminar. Er hat umgesattelt. Heute ist er Pfarrer in Vitry. Keine leichte Gemeinde.

Ich esse einen Maisfladen mit roten Bohnen und Jean-Pierre Buvet redet über Sexualität. Seiner Meinung nach ist das angebliche Interesse unserer Gesellschaft für die Erotik (in Werbung, Zeitschriften, überhaupt in den Massenmedien) völlig gekünstelt. In Wirklichkeit langweilt das Thema die meisten Leute sehr bald; doch sie behaupten das Gegenteil – eine bizarre, umgekehrte Heuchelei.

Er kommt nun zu seiner These. Unsere Zivilisation, sagt

er, leidet an vitaler Erschöpfung. Im Jahrhundert Ludwigs XIV., als der Lebenshunger groß war, legte die offizielle Kultur den Akzent auf die Verleugnung der Lüste und des Fleisches. Sie erinnerte unablässig daran, dass das irdische Leben nur unvollkommene Freuden biete und Gott die einzig wahre Quelle des Glücks sei. Ein solcher Diskurs, versichert er mir, würde heute nicht mehr akzeptiert. Wir brauchen Abenteuer und Erotik, denn wir müssen uns ständig einreden, das Leben sei wunderbar und erregend; und natürlich haben wir genau daran so unsere Zweifel.

Mein Eindruck ist, dass er mich für ein Musterbeispiel dieser vitalen Erschöpfung hält. Keine Sexualität, kein Ehrgeiz, keine großen Zerstreuungen. Ich weiß nicht, was ich dazu sagen soll. Ich habe den Eindruck, dass alle so sind. Ich halte mich für einen normalen Menschen. Vielleicht nicht bis ins letzte Detail, aber wer ist schon ein ganz normaler Mensch, na? Sagen wir, ich bin zu 80 Prozent normal.

Um etwas zu sagen, wende ich ein, dass heutzutage jedermann zwangsläufig irgendwann in seinem Leben glaubt, gescheitert zu sein. In diesem Punkt sind wir derselben Meinung.

Das Gespräch kommt ins Stocken. Ich stochere in meinen kandierten Vermicelli herum. Er rät mir, zu Gott zurückzukehren oder eine Psychoanalyse zu machen; die Nähe der beiden Begriffe lässt mich zusammenfahren. Er hakt nach, er interessiert sich für meinen Fall; anscheinend glaubt er, dass es mir dreckig geht. Ich bin allein, viel zu sehr allein. Er meint, das sei nicht natürlich.

Wir trinken einen Schnaps; er legt seine Karten auf den Tisch. Seiner Meinung nach ist Jesus die Lösung; Jesus, die

Quelle des Lebens. Eines reichen und lebendigen Lebens. «Du musst deine göttliche Natur akzeptieren!», ruft er aus; vom Nebentisch schauen sie zu uns herüber. Ich fühle mich ein wenig erschöpft; mir scheint, wir sind in eine Sackgasse geraten. Für alle Fälle setze ich ein Lächeln auf. Ich habe nicht viele Freunde und will diesen hier nicht verlieren. «Du musst deine göttliche Natur akzeptieren ...», wiederholt er, jetzt mit leiserer Stimme. Ich verspreche, dass ich mich bemühen werde. Ich füge ein paar Sätze hinzu und versuche, einen Konsens herzustellen.

Danach ein Kaffee und ab nach Hause. Eigentlich ein angenehmer Abend.

Neun

Sechs Personen sitzen jetzt an einem recht hübschen ovalen Tisch, wahrscheinlich ein Mahagoni-Imitat. Die dun-
kelgrünen Vorhänge sind zugezogen; man fühlt sich wie in
einem kleinen Salon. Ich ahne plötzlich, dass die Konferenz den ganzen Vormittag dauern wird.

Der erste Vertreter des Landwirtschaftsministeriums hat
blaue Augen. Er ist jung, trägt eine kleine runde Brille, noch
vor kurzem muss er Student gewesen sein. Trotz seiner
jungen Jahre macht er einen überaus seriösen Eindruck.
Den ganzen Vormittag kritzelt er Notizen, manchmal in
den unerwartetsten Augenblicken. Es handelt sich offenbar um einen Chef oder wenigstens um einen zukünftigen
Chef.

Der zweite Vertreter des Ministeriums ist ein Mann
mittleren Alters, mit Bartkrause wie die strengen Hausleh-
rer der Fünferbande. Er scheint starken Einfluss auf Catherine Lechardoy auszuüben, die neben ihm sitzt. Ein typi-
scher Theoretiker. In jeder seiner Stellungnahmen betont
er eindringlich die Bedeutung der Methodologie; letztlich
sind es immer nur Aufforderungen zum Nachdenken vor
dem Handeln. In diesem Fall verstehe ich nicht, warum:
Die Software ist gekauft, das Nachdenken erübrigt sich –
aber das sage ich nicht laut. Ich spüre sofort, dass er mich

nicht leiden kann. Wie seine Zuneigung gewinnen? Ich beschließe, ihm mehrmals an diesem Vormittag lebhaft zuzustimmen und dabei einen leicht blöden Ausdruck der Bewunderung aufzusetzen, als würde er mir ungeahnt überraschende, weit gespannte Perspektiven der Weisheit eröffnen. Daraus müsste er normalerweise den Schluss ziehen, dass ich ein junger Mann guten Willens bin, bereit, unter seinem Kommando in die richtige Richtung zu marschieren.

Der dritte Vertreter des Ministeriums ist Catherine Lechardoy. Die Arme schaut ein wenig traurig drein heute Morgen; der Kampfgeist vom letzten Mal scheint sie verlassen zu haben. Ihr hässliches Gesichtchen ist ganz griesgrämig; sie putzt in regelmäßigen Abständen ihre Brille. Ich frage mich sogar, ob sie nicht geweint hat. Ich kann mir gut vorstellen, wie sie in Schluchzen ausbricht, wenn sie sich morgens anzieht, allein und verlassen in ihrem Zimmerchen.

Der vierte Vertreter des Ministeriums ist die Karikatur eines Agrarsozialisten: Er trägt Stiefel und Parka, als ob er gerade von einer Expedition aufs Land zurückgekommen wäre; er hat einen dichten Bart und raucht Pfeife; ich möchte nicht sein Sohn sein. Vor ihm liegt demonstrativ ein Buch mit dem Titel «Käseerzeugung und neue Techniken». Ich begreife nicht, wozu er hier ist, denn offensichtlich hat er keine Ahnung vom Thema, um das es geht; vielleicht ein Vertreter der Basis. Wie dem auch sei, er scheint sich das Ziel gesetzt zu haben, die Atmosphäre zu verschlechtern und einen Konflikt zu provozieren, indem er wiederholt die «Nutzlosigkeit solcher Konferenzen, die zu nichts führen», anprangert oder sich über die Computerprogramme auslässt, «über die in einem Ministerialbüro entschieden wird und die doch niemals den realen Bedürfnissen der Kollegen vor Ort entsprechen».

Ihm gegenüber sitzt ein Typ aus meiner Firma, der unermüdlich auf seine Einwände antwortet – meiner Meinung
nach ziemlich ungeschickt – und dabei so tut, als sei er der
Meinung, der andere würde absichtlich übertreiben oder
mache bloß Witze. Er ist einer meiner Vorgesetzten; ich
glaube, er heißt Norbert Lejailly. Ich hatte nicht gewusst,
dass er da sein würde, und ich kann nicht sagen, dass mich
seine Anwesenheit besonders erfreut. Dieser Mann hat
exakt das Aussehen und das Benehmen eines Schweins. Er
ergreift jede sich bietende Gelegenheit, lange und schmierig zu lachen. Wenn er nicht lacht, reibt er seine Hände
langsam aneinander. Er ist dick, um nicht zu sagen fett,
und seine Selbstgefälligkeit, die sich auf keinerlei Fundamente stützen kann, empfinde ich gewöhnlich als unerträglich. Heute Morgen aber fühle ich mich wirklich ziemlich gut, zweimal lache ich sogar mit ihm, als Echo auf
seine Bonmots.

Im Lauf des Vormittags zeigt sich sporadisch eine siebte
Person, um die ehrwürdige Versammlung ein wenig aufzuheitern. Es handelt sich um den Leiter der EDV-Studienabteilung des Landwirtschaftsministeriums, denselben, den
ich neulich verpasst hatte. Der Mann scheint es sich zur
Aufgabe gemacht zu haben, eine hektische Übertreibung
der Figur des jungen, dynamischen Chefs darzustellen. Auf
diesem Gebiet schlägt er alles, was ich bisher zu beobachten Gelegenheit hatte, um mehrere Längen. Das Hemd
trägt er offen, als hätte er keine Zeit gehabt, es zuzuknöpfen; die Krawatte hängt ihm zur Seite, als wäre sie beim
Laufen verrutscht. Tatsächlich geht oder läuft er nicht

durch die Gänge, sondern er gleitet. Könnte er fliegen, würde er es bestimmt tun. Sein Gesicht glänzt, sein Haar ist wirr und feucht, als käme er geradewegs aus dem Schwimmbecken.

Bei seinem ersten Auftritt erblickt er mich und meinen Chef und ist in Windeseile bei uns. Keine Ahnung, wie er das angestellt hat: Er muss die zehn Meter in weniger als fünf Sekunden zurückgelegt haben; jedenfalls hatte ich nicht die Zeit, seinen Weg zu verfolgen.

Er legt seine Hand auf meine Schulter und spricht mit sanfter Stimme. Er sagt, es tue ihm Leid, dass er mich letzthin umsonst habe warten lassen. Ich setze ein Madonnenlächeln auf und sage, das sei nicht so schlimm, ich könne ihn gut verstehen und wisse, dass unser Treffen früher oder später stattfinden werde. Ich bin ehrlich. Es ist ein sehr zärtlicher Augenblick; er beugt sich zu mir, nur zu mir; man könnte uns für zwei Liebende halten, die das Leben nach einer langen Trennung wieder zusammengeführt hat.

Im Verlauf des Vormittags kommt er noch zweimal herein, aber jedes Mal bleibt er in der Tür stehen und wendet sich nur an den jungen Typ mit der Brille. Jedes Mal entschuldigt er sich mit einem bezaubernden Lächeln für die Störung; er lehnt sich gegen den Türpfosten, auf einem Bein das Gleichgewicht haltend, als verböte ihm die innere Spannung, die ihn beseelt, längere Zeit in aufrechter Position zu verharren.

Von der Konferenz selbst bleibt mir nur wenig Erinnerung; auf alle Fälle wurde nichts Konkretes beschlossen, sieht man von der letzten Viertelstunde ab, als noch rasch vor dem Mittagessen ein Zeitplan für die Kurse in der Provinz erstellt wurde. Davon bin ich unmittelbar betroffen, denn diese Reisen werde ich auf mich nehmen müssen; und so notiere ich eilig die festgelegten Termine und Orte auf ein Blatt Papier, das ich noch am selben Abend verliere.

Das Ganze wird mir gleich am nächsten Tag bei einem Briefing mit dem Theoretiker ein weiteres Mal erklärt. So erfahre ich, dass vom Ministerium (also von ihm, wenn ich recht verstehe) ein ausgeklügelter Ausbildungsgang auf drei Ebenen erstellt worden ist. Es geht darum, durch Komplementärausbildungen, die zwar ineinander greifen, aber voneinander organisch unabhängig sind, bestmöglich auf die Bedürfnisse der Benutzer zu antworten. Das alles trägt ganz offensichtlich den Stempel eines scharfsinnigen Geistes.

Konkret werde ich auf eine Rundreise geschickt, die mich zuerst für zwei Wochen nach Rouen, dann eine Woche nach Dijon und schließlich für vier Tage nach La Roche-sur-Yon führen wird. Am 1. Dezember soll ich losfahren; zu Weihnachten werde ich zurück sein, damit ich «die Festtage im Kreis der Familie verbringen» kann. Man hat also auch die menschliche Seite nicht vergessen. Das ist wunderbar.

Zu meiner Überraschung erfahre ich außerdem, dass ich nicht allein für die Ausbildung verantwortlich bin. Meine Firma hat nämlich beschlossen, zwei Leute zu schicken. Wir werden als Tandem auftreten. Umgeben von einem beängstigenden Schweigen, zählt der Theoretiker fünfundzwanzig Minuten lang die Vor- und Nachteile der Ausbildungstätigkeit eines Tandems auf. Am Ende tragen die Vorteile über die Nachteile einen hauchdünnen Sieg davon.

Ich habe nicht die leiseste Ahnung, wer mein Begleiter

sein könnte. Wahrscheinlich jemand, den ich kenne. Wie dem auch sei, kein Mensch hat es für wichtig gehalten, mir vorher etwas davon zu sagen.

Der Theoretiker greift geschickt eine seiner Bemerkungen auf, um die Abwesenheit jener zweiten Person (deren Identität bis zuletzt ein Geheimnis bleiben wird) zu bedauern; er verstehe nicht, dass niemand es für nötig befunden habe, den Unbekannten einzuladen. Er spinnt sein Argument weiter und sagt unausgesprochen, dass so gesehen auch meine Anwesenheit nutzlos oder jedenfalls nur von geringem Nutzen sei. Genau das meine ich auch.

Zehn
Die Freiheitsgrade
nach J.-Y. Fréhaut

Danach kehre ich zurück zu meiner Firma. Dort werde ich freundlich empfangen; wie es scheint, ist es mir gelungen, meine Position im Betrieb zu festigen.

Mein Abteilungsleiter nimmt mich beiseite; er enthüllt mir, wie überaus wichtig dieser Auftrag sei. Er weiß, sagt er, dass ich einiges wegstecken kann. Er sagt ein paar bitter-realistische Worte über den Diebstahl meines Wagens. Eine Art Männergespräch in der Nähe des Automaten für heiße Getränke. Ich entdecke in ihm den großen Spezialisten für die Verwaltung menschlicher Ressourcen und mir wird wohlig zumute. Von Minute zu Minute kommt er mir schöner vor.

Später am Nachmittag habe ich an der kleinen Abschieds-feier für Jean-Yves Fréhaut teilgenommen. Mit ihm verlässt uns, wie der Abteilungsleiter hervorhebt, ein wertvoller Mitarbeiter und hochverdienter Techniker. Zweifellos werde er auf seiner künftigen Laufbahn mindestens ebenso große Erfolge feiern wie bisher; das jedenfalls wünsche er ihm. Und dass er, wann immer er wolle, in seiner alten Firma auf ein Glas der Freundschaft vorbeikom-men möge! Seinen ersten Posten, schließt er in schlüpfri-gem Tonfall, könne man ebenso wenig vergessen wie die erste Liebe. Ich beginne mich zu fragen, ob er nicht ein wenig zu tief ins Glas geschaut hat.

Kurzer Applaus. Ein sanftes Wogen umgibt J.-Y. Fréhaut. Er dreht sich langsam um die eigene Achse, macht einen zufriedenen Eindruck. Ich kenne diesen Jungen ein bisschen; vor drei Jahren sind wir gleichzeitig in die Firma eingetreten; wir haben im selben Büro gearbeitet. Einmal sprachen wir über die großen Fragen unserer Zeit. Er sagte (und glaubte in gewisser Weise tatsächlich daran), dass die Intensivierung der Informationsflüsse in der Gesellschaft an sich eine gute Sache sei. Dass die Freiheit nichts anderes sei als die Möglichkeit, Verbindungen verschiedenster Art zwischen Individuen, Projekten, Institutionen und Dienstleistungen herzustellen. Das Maximum an Freiheit fiel seiner Meinung nach mit dem Maximum an Wahlmöglichkeiten zusammen. Mit einer der Festkörperphysik entlehnten Metapher nannte er diese Wahlmöglichkeiten «Freiheitsgrade».

Wir saßen, ich erinnere mich, in der Nähe des Großrechners. Die Klimaanlage summte vor sich hin. Er verglich die Gesellschaft gewissermaßen mit einem Gehirn, die Individuen mit Gehirnzellen, für die es tatsächlich wünschenswert ist, so viele Verbindungen wie möglich herzustellen. Darin erschöpfte sich aber die Analogie. Denn er war ein Liberaler und als solcher kein Parteigänger dessen, was für das Gehirn unabdingbar ist: ein Vereinheitlichungsplan.

Sein eigenes Leben war, wie ich später erfuhr, äußerst funktionell. Er bewohnte eine Einzimmerwohnung im 15. Arrondissement. Die Heizung war in den Betriebskosten enthalten. Er hielt sich fast nur zum Schlafen dort auf, denn er arbeitete viel – und las außerhalb der Arbeitsstunden meist eine Zeitschrift namens *Micro-Systèmes*. Die berühmten Freiheitsgrade beschränkten sich, was ihn betraf, auf die Wahl seines Abendessens per Minitel (er hatte ein Abonnement auf eine damals noch neue Dienstleistung, die Zustellung warmer Speisen zu einem genauen Zeitpunkt mit relativ kurzer Lieferzeit).

Abends sah ich gern zu, wie er sein Menü zusammenstellte und dabei das Minitel bediente, das sich in der linken Ecke seines Schreibtischs befand. Ich hänselte ihn wegen der Erothek; aber in Wirklichkeit bin ich überzeugt, dass er noch Jungfrau war.

In gewisser Weise war er ein glücklicher Mensch. Er fühlte sich, nicht zu Unrecht, als Akteur der telematischen Revolution. Er empfand tatsächlich jede Erweiterung der Macht der Informatik, jeden Schritt hin auf die Globalisierung des Netzes als persönlichen Sieg. Er wählte die Sozialisten. Und seltsamerweise bewunderte er Gauguin.

Elf

Ich habe Jean-Yves Fréhaut nie wieder gesehen; und warum hätte ich ihn auch wieder sehen sollen? Im Grunde waren wir uns nicht wirklich sympathisch gewesen. So oder so sieht man sich heutzutage selbst dann kaum, wenn die Beziehung voll Enthusiasmus beginnt. Manchmal kommt es zu atemberaubenden Gesprächen über allgemeine Aspekte des Lebens; manchmal findet sogar eine fleischliche Vereinigung statt. Natürlich tauscht man Telefonnummern aus, doch in der Regel ruft man sich selten an. Und selbst wenn man sich anruft und sich wieder sieht, nehmen Ernüchterung und Enttäuschung bald den Platz der ursprünglichen Begeisterung ein. Glauben Sie mir, ich weiß Bescheid; es gibt hier keine gangbaren Wege.

Das fortschreitende Verlöschen menschlicher Beziehungen bringt für den Roman allerdings einige Schwierigkeiten mit sich. Wie soll man es anstellen, diese heftigen Leidenschaften zu erzählen, die sich über mehrere Jahre erstrecken und deren Wirkungen manchmal über Generationen hinweg spürbar sind? Von den Sturmhöhen haben wir uns weit entfernt, das ist das Mindeste, was man sagen kann. Die Romanform ist nicht geschaffen, um die Indifferenz oder das Nichts zu beschreiben; man müsste eine plattere Ausdrucksweise erfinden, eine knappere, ödere Form.

Während menschliche Beziehungen zunehmend unmöglich werden, ist es diese Vervielfachung der Freiheitsgrade, die Jean-Yves Fréhaut zum begeisterten Propheten werden ließ. Er selbst hatte, da bin ich sicher, nie eine Liaison gehabt; seine Freiheit aber erreichte den höchsten Grad. Ich sage das ohne Verbitterung. Er war, wie gesagt, ein glücklicher Mensch; trotzdem beneide ich ihn nicht um dieses Glück.

Die Spezies der Informatik-Denker, zu der Jean-Yves Fréhaut gehörte, ist zahlreicher, als man denkt. In jedem mittleren Betrieb kann man einen, manchmal zwei davon finden. Außerdem gestehen die meisten Leute mehr oder minder offen zu, dass jede Beziehung, besonders aber jede menschliche Beziehung, sich auf einen Austausch von Informationen beschränkt (sofern der Begriff Information auch nicht-neutrale, das heißt belohnende oder bestrafende Botschaften umfasst). Unter solchen Bedingungen verwandelt sich ein informatisierter Denker bald in einen Denker der gesellschaftlichen Entwicklung. Oft ist er ein glänzender Redner und wirkt daher überzeugend; er wird sogar das Gebiet der Gefühle umschließen.

Am nächsten Tag – wieder bei einer Abschiedsfeier, diesmal im Landwirtschaftsministerium – hatte ich Gelegenheit, mit dem Theoretiker zu diskutieren, an dessen Seite sich wie gewöhnlich Catherine Lechardoy befand. Er selbst war Jean-Yves Fréhaut nie begegnet und sollte auch künftig keine Gelegenheit dazu haben. Ich stelle mir eine hypothetische Begegnung vor: der geistige Austausch höflich, aber auf gehobenem Niveau. Mit Sicherheit würden sie sich rasch über Werte wie Freiheit und Transparenz einigen oder hinsichtlich der Notwendigkeit, ein System verallgemeinerter Transaktionen zu errichten, das die Gesamtheit der gesellschaftlichen Handlungen umfassen sollte.

Anlass zu diesem Moment der Geselligkeit war die bevorstehende Pensionierung eines kleinen, ungefähr sechzigjährigen Mannes mit grauem Haar und dicken Brillengläsern. Die Belegschaft hatte zusammengelegt, um ihm eine Angel zu kaufen, ein leistungsstarkes japanisches Modell mit dreifacher Rollengeschwindigkeit, dessen Schwingweite durch einfachen Knopfdruck verstellbar war. Der Mann wusste noch nichts von dem Geschenk; er stand in der Mitte des Treibens, unweit von den Champagnerflaschen. Einer nach dem anderen kam, um ihm einen freundschaftlichen Klaps zu geben oder eine gemeinsame Erinnerung wachzurufen.

Danach ergriff der Leiter der EDV-Studienabteilung das Wort. Es sei ein aussichtsloses Unterfangen, sagte er gleich zu Beginn, in wenigen Sätzen dreißig Jahre eines Berufslebens zusammenzufassen, das ganz der Landwirtschaftsinformatik gewidmet gewesen sei. Er erinnerte daran, dass Louis Lindon noch die heldenhaften Zeiten der Informatisierung erlebt habe: Die Lochkarten! Die Stromausfälle! Die Magnettrommeln! Bei jedem Ausruf breitete er lebhaft die Arme aus, als wollte er die Zuhörerschaft dazu einladen, ihre Vorstellungskraft in diese längst vergangene Zeit zurückzuschicken.

Der Betroffene lächelte listig und knabberte auf unappetitliche Weise an seinem Schnurrbart; ansonsten war sein Verhalten jedoch tadellos.

Louis Lindon, schloss der Abteilungsleiter, habe die

Landwirtschaftsinformatik mit geprägt. Ohne ihn wäre das EDV-System des Ministeriums nicht das, was es ist. Und diese Tatsache werde keiner der anwesenden Kollegen, werden auch nicht die künftigen Mitarbeiter (seine Stimme begann ein wenig zu zittern) jemals vergessen.

Ungefähr dreißig Sekunden dauerte der lebhafte Applaus. Ein junges Mädchen, man hatte es unter den allerreinsten ausgewählt, überreichte dem künftigen Pensionisten seine Angel. Er schwenkte sie schüchtern mit ausgestreckten Armen. Das war das Zeichen des Aufbruchs zum Büffet. Der Abteilungsleiter trat zu Louis Lindon, legte ihm den Arm auf die Schultern und entführte ihn bedächtigen Schrittes, um ein paar innige und persönliche Worte mit ihm auszutauschen.

Diesen Augenblick wählte der Theoretiker, um mir zuzuflüstern, dass Lindon trotz allem einer anderen Informatikergeneration angehöre. Er programmierte, ohne eine richtige Methode zu haben, mehr oder weniger intuitiv; die Begriffe der Merise-Methode waren für ihn weitgehend toter Buchstabe geblieben. In Wahrheit mussten alle Programme, die auf seinem Mist gewachsen waren, neu geschrieben werden; die letzten zwei Jahre gab man ihm kaum noch etwas zu tun, er habe sie mehr oder weniger auf dem Abstellgleis verbracht. Kein Mensch, fügte er warmherzig hinzu, stelle seine persönlichen Fähigkeiten in Frage. Aber die Dinge entwickeln sich schlicht und einfach weiter, das sei ganz normal.

Nachdem er Louis Lindon in den Nebeln der Vergangenheit begraben hatte, konnte der Theoretiker auf sein Lieblingsthema zurückkommen: Seiner Meinung nach würden die Erzeugung und Zirkulation von Information denselben

Wandel erfahren wie einst die Herstellung und Zirkulation von Lebensmitteln: Ein Übergang vom handwerklichen Stadium zum industriellen Stadium werde sich vollziehen. Was die Erzeugung von Information betreffe, sagte er nicht ohne Bitterkeit, seien wir noch weit entfernt vom Null-Fehler-Niveau; Redundanz und Ungenauigkeit seien meist die Regel. Die ungenügend entwickelten Verteilungsnetze der Information blieben von Approximation und Anachronismus geprägt (die Telekom-Gesellschaften, bemerkte er zornig, verteilten immer noch Telefonbücher aus Papier). Gott sei Dank forderten die jungen Leute immer größere Mengen an immer verlässlicherer Information; Gott sei Dank zeigten sie sich immer anspruchsvoller hinsichtlich der Beantwortungszeit; doch bis zu einer vollständig informierten, vollkommen transparenten und kommunizierenden Gesellschaft sei es immer noch weit.

Er entwickelte noch andere Gedanken; Catherine Lechardoy blieb dicht an seiner Seite. Von Zeit zu Zeit pflichtete sie ihm bei: «Ja, darauf kommt es an.» Ihre Lippen waren rot, ihre Augen blau geschminkt. Ihr Rock ging bis zur Mitte ihrer Schenkel, die Nylonstrümpfe waren schwarz. Mir schoss durch den Kopf, dass sie sich Höschen kaufen musste, vielleicht sogar Tangas; das Stimmengewirr im Zimmer wurde etwas lebhafter. Ich stellte mir vor, wie sie in den Galeries Lafayette einen brasilianischen Tanga aus roten Spitzen auswählte; ich fühlte eine Welle schmerzlichen Mitleids.

In diesem Augenblick trat ein Kollege an den Theoretiker heran. Die beiden wandten sich leicht von uns ab und boten sich gegenseitig Zigarillos an. Catherine Lechardoy und ich standen uns jetzt gegenüber. Ein vernehmliches Schweigen trat ein. Dann hatte sie einen Ausweg gefunden und begann von der Harmonisierung der Arbeitsabläufe zwischen der Dienstleistungsfirma und dem Ministerium zu reden, also zwischen uns beiden. Sie hatte sich mir noch ein Stück genähert – unsere Körper waren durch maximal dreißig Zentimeter Leere voneinander getrennt. Einmal drückte sie mit einer zweifellos unbeabsichtigten Geste ganz leicht das Revers meines Sakkos zwischen ihren Fingern.

Ich fühlte mich zu Catherine Lechardoy keineswegs hingezogen und hatte nicht die geringste Lust, sie zu vernaschen. Sie blickte mich lächelnd an, trank Crémant, gab sich Mühe, tapfer zu sein; trotzdem, das wusste ich, hatte sie das große Bedürfnis, vernascht zu werden. Das Loch, das sie zwischen den Beinen hatte, musste ihr ziemlich nutzlos vorkommen. Einen Schwanz kann man immer noch abschneiden; aber wie die Leere einer Vagina vergessen? Ihre Lage schien verzweifelt, und mich begann meine Krawatte zu beengen. Nach dem dritten Glas hätte ich ihr beinahe vorgeschlagen, zusammen hinauszugehen, um in irgendeinem Büro zu vögeln; auf dem Schreibtisch oder auf dem Teppich, egal; ich fühlte mich bereit, die notwendigen Handlungen zu vollziehen. Aber ich sagte nichts; und eigentlich denke ich, dass sie nicht einverstanden gewesen wäre; oder ich hätte sie zuerst umarmen, ihre Lippen mit einem zarten Kuss streifen und ihr ins Ohr flüstern müssen, dass sie schön ist. Nein, es gab wahrhaftig keinen Ausweg. Ich entschuldigte mich kurz und ging auf die Toilette kotzen.

Als ich zurückkam, war der Theoretiker wieder da, und sie hörte ihm brav zu. Kurz, sie hatte die Kontrolle wiedererlangt. Das war vermutlich besser für sie.

Zwölf

Diese Abschiedsfeier für den künftigen Pensionisten war der lächerliche Höhepunkt meiner Beziehungen zum Landwirtschaftsministerium. Ich hatte alle Auskünfte eingeholt, die zur Vorbereitung meiner Kurse nötig waren. Kaum anzunehmen, dass wir uns wieder sehen würden. Bis zu meiner Reise nach Rouen blieb noch eine Woche.

Eine traurige Woche. Es war Ende November, eine Jahreszeit, deren Tristesse allgemein anerkannt wird. Ich fand es normal, dass die klimatischen Veränderungen mangels greifbarer Ereignisse in meinem Leben einen nicht unwesentlichen Platz einnehmen; alte Leute sollen ja kaum in der Lage sein, von etwas anderem zu sprechen.

Ich habe so wenig gelebt, dass ich zu der Vorstellung neige, ich würde niemals sterben; kaum zu glauben, dass sich ein Menschenleben auf so wenig beschränken kann; trotzdem stellt man sich vor, dass früher oder später doch noch etwas geschehen wird. Ein schwerer Irrtum. Das Leben kann durchaus leer und kurz zugleich sein. Die Tage gehen eintönig dahin, ohne eine Spur oder eine Erinnerung zu hinterlassen; dann, plötzlich, ist Schluss.

Manchmal hatte auch ich das Gefühl, mich auf Dauer in einem abwesenden Leben einrichten zu können. Dass mir diese relativ schmerzlose Langeweile erlauben würde, die üblichen Handlungen des Lebens zu vollführen. Noch ein Irrtum. Die fortgesetzte Langeweile ist keine haltbare Position: Sie führt leider früher oder später zu wesentlich schmerzhafteren Wahrnehmungen, verwandelt sich also in einen positiven Schmerz. Genau das ist es, was derzeit mit mir geschieht.

Vielleicht, so sage ich mir, wird mich der Aufenthalt in der Provinz *auf andere Gedanken bringen;* wahrscheinlich zwar in einem negativen Sinn, aber er wird mich *auf andere Gedanken bringen.* Wenigstens wird es eine Veränderung geben, einen Sprung.

Zweiter Teil

Eins

Bei der Einfahrt in die Meerenge von Bab el-Mandeb zeichnen sich unter der verdächtig stillen Meeresoberfläche in unregelmäßigen Abständen große Korallenriffe ab, die für die Schifffahrt eine echte Gefahr darstellen. Sie sind nur als rötliche Schatten wahrnehmbar, als vom Wasser kaum unterschiedene Färbung. Und wenn sich der vergängliche Reisende die außergewöhnliche Bevölkerungsdichte an Haifischen ins Gedächtnis ruft, die diesen Abschnitt des Roten Meeres charakterisiert (sie beträgt, wenn mich die Erinnerung nicht trügt, annähernd zweitausend Haifische pro Quadratkilometer), so wird man verstehen, dass er trotz der bedrückenden, fast unwirklichen Hitze, die die Luft klebrig brodeln lässt, einen leichten Schauder verspürt bei der Einfahrt in die Meerenge von Bab el-Mandeb.

Zum Glück ist das Wetter aufgrund einer einzigartigen Kompensation des Himmels immer schön, geradezu exzessiv schön, und der Horizont verliert nie jenen überhitzten weißen Glanz, den man auch in Stahlwerken während der dritten Phase der Bearbeitung von Eisenerz beobachten kann (ich spreche von jenem Augenblick, in dem der neue Strom aus Flüssigstahl aufleuchtet, gleichsam in der Luft schwebend und sonderbar wesensgleich mit ihr). Das ist

57

der Grund, weshalb die meisten Lotsen dieses Hindernis ohne Schwierigkeiten überwinden, und bald segeln sie still durch die ruhigen, schillernden, schwülen Gewässer des Golfs von Aden.

Manchmal aber kommen solche Dinge vor und zeigen sich in Wahrheit. Es ist Montag, der 1. Dezember. Es ist kalt, ich stehe neben dem Abfahrtschild des Zugs nach Rouen und warte auf Tisserand; es handelt sich um den Bahnhof Saint-Lazare; mir wird immer kälter, und meine Laune wird immer übler. Tisserand kommt in der letzten Minute; wir werden keine Sitzplätze mehr bekommen. Es sei denn, er hat für sich selbst eine Fahrkarte erster Klasse gelöst – das sähe ihm ähnlich.

Es gibt vier oder fünf Personen in meiner Firma, mit denen ich ein Tandem hätte bilden können, aber das Los ist auf Tisserand gefallen. Meine Freude darüber hält sich in Grenzen. Er aber gibt sich hoch zufrieden. «Du und ich, wir werden ein tolles Team abgeben», sagt er gleich zu Beginn, «es wird astrein laufen, das spüre ich ...» (er zeichnet mit seinen Händen eine Art Drehbewegung, wie um unser künftiges Bündnis zu symbolisieren).

Ich kenne den Jungen bereits; wir haben mehrmals beim Kaffeeautomaten geplaudert. Meistens hat er Weibergeschichten erzählt; ich spüre, diese Reise in die Provinz wird eine Katastrophe.

Später, der Zug ist bereits unterwegs, setzen wir uns zu einer Gruppe redseliger Studenten, offenbar von einer Handelshochschule. Ich nehme den Fensterplatz, um ein wenig Abstand vom Lärm der Umgebung zu haben. Tisserand entnimmt seinem Aktenkoffer verschiedene Farbbroschüren über Buchhaltungssoftware; mit den Einführungskursen, die wir geben werden, haben sie nichts zu tun. Ich wage eine Bemerkung, die in diese Richtung geht. Er antwortet unbestimmt: «Ach ja, Sycomore, hübsches Programm ...», um sogleich in seinem Monolog fortzufahren. Mein Eindruck ist, dass er sich, was die technische Seite betrifft, hundertprozentig auf mich verlässt.

Er trägt einen prächtigen Anzug mit rot-grün-braunem Muster, den man für einen mittelalterlichen Wandteppich halten könnte. Außerdem ein Ziertaschentuch à la «Reise zum Mars», das ihm aus dem Brusttäschchen schaut, und eine passende Krawatte. Sein Erscheinungsbild erinnert an den Typus des hyperdynamischen Handelsvertreters, dem es nicht an Humor fehlt. Ich selbst trage einen gesteppten Parka und einen dicken Pulli à la «Weekend auf den Hebriden». Ich stelle mir vor, dass ich im Rollenspiel, das sich gerade entwickelt, den «Systemmenschen» abgebe, den kompetenten, aber ein wenig schroffen Techniker, der keine Zeit hat, sich um seine Kleidung zu kümmern, und zutiefst unfähig ist, mit dem Benutzer ins Gespräch zu kommen. Das passt mir ausgezeichnet. Tisserand hat Recht, wir bilden ein gutes Team.

Da er alle seine Broschüren herausnimmt, frage ich mich, ob er nicht die Aufmerksamkeit des Mädchens zu seiner Linken erregen will – eine Handelsstudentin, wirklich sehr hübsch. Sein Gerede wäre demnach nur an der Oberfläche an mich gerichtet. Diese Tatsache gibt mir das Recht, einige Blicke auf die Landschaft zu werfen. Draußen wird es gerade hell. Die Sonne erhebt sich blutrot, furchtbar rot über das dunkelgrüne Gras und die nebeligen Teiche. Kleine Ortschaften rauchen fern im Tal. Das Schauspiel ist wunderschön, fast erschreckend. Tisserand hat dafür keine Augen. Stattdessen versucht er, den Blick der Studentin auf sich zu ziehen. Raphaël Tisserands Problem, der Urgrund seiner Persönlichkeit sozusagen, besteht in seiner Hässlichkeit. Er ist so hässlich, dass er die Frauen abstößt und es ihm nicht gelingt, mit ihnen zu schlafen. Er versucht es trotzdem, mit allen Kräften, aber es funktioniert nicht. Sie wollen einfach nichts von ihm wissen.

Immerhin ist sein Körper halbwegs normal: Mit seinem mediterranen Einschlag wirkt er allerdings ein bisschen schmierig; «untersetzt», wie man sagt; außerdem scheint sein Haarausfall rasch voranzuschreiten. Gut, das alles könnte noch hingehen; was den Fall aber hoffnungslos macht, ist sein Gesicht. Er hat exakt das Aussehen einer Büffelkröte – fleischige, grobe, breite, deformierte Züge, das genaue Gegenteil von Schönheit. Seine glänzende Aknehaut scheint unaufhörlich ein fettiges Sekret auszuschwitzen. Er trägt eine Bifokalbrille, denn zu allem Überdruss ist er stark kurzsichtig – aber ich fürchte, wenn er Kontaktlinsen trüge, würde das auch nicht viel ändern. Schlimmer ist, dass es seiner Art der Konversation völlig an Finesse, Phantasie und Witz mangelt; er hat nicht den mindesten Charme (Charme ist eine Eigenschaft, die manchmal Schönheit ersetzen kann – jedenfalls bei Männern; immer wieder hört man: «Er hat viel Charme», oder: «Auf den Charme kommt es an»; das wird zumindest behauptet). Natürlich ist er entsprechend frustriert, schrecklich frustriert. Aber was kann ich dagegen tun? Nichts. Also schaue ich mir die Landschaft an.

Später knüpft er ein Gespräch mit der Studentin an. Wir fahren die rote Seine entlang, die vollständig in die Strahlen der aufgehenden Sonne getaucht ist – man könnte wirklich glauben, dass der Fluss Blut mit sich führt.

Gegen neun Uhr erreichen wir Rouen. Die Studentin verabschiedet sich von Tisserand – natürlich lehnt sie es ab, ihm ihre Telefonnummer zu geben. Ein paar Minuten lang wird er ziemlich deprimiert sein; ich werde mich darum kümmern müssen, einen Bus ausfindig zu machen.

Das Gebäude der Landwirtschaftsdirektion des Departements ist düster, und wir haben Verspätung. Die Arbeit beginnt hier um acht Uhr – das ist in der Provinz häufig der Fall, wie ich noch erfahren werde. Der Kurs beginnt ohne jede Verzögerung. Tisserand ergreift das Wort; er stellt sich vor, stellt mich vor, stellt unsere Firma vor. Danach wird er wahrscheinlich die Informatik, die Softwarepakete und deren Vorteile vorstellen. Er könnte auch den Einführungskurs, unsere Arbeitsmethode und viele andere Dinge vorstellen. Das dürfte genügen, um die Zeit bis zum Mittagessen herumzubringen, zumindest dann, wenn wir eine Kaffeepause alten Stils einlegen. Ich ziehe meinen Parka aus und breite verschiedene Papiere rings um mich aus.

Die Gruppe besteht aus gut fünfzehn Personen; vor allem Sekretärinnen und mittlere Führungskräfte, vermutlich Techniker. Sie sehen nicht sonderlich bösartig aus, aber auch nicht so, als würde die Informatik sie groß interessieren – und dennoch, so sage ich mir, wird die Informatik ihr Leben verändern.

Ich bemerke sofort, von wo Gefahr droht: von einem ziemlich jungen, groß gewachsenen, schlanken und wendigen Typ mit Brille. Er sitzt ganz hinten, wie um die anderen zu überwachen; ich nenne ihn insgeheim «die Schlange», aber schon während der Kaffeepause stellt er sich mit dem Namen Schnäbele vor. Er ist der künftige Chef der gerade entstehenden Informatikabteilung, und er scheint sehr zufrieden damit. An seiner Seite sitzt ein etwa fünfzigjähriger Mann, ziemlich kräftig gebaut, mit unangenehmen Gesichtszügen und rötlicher Bartkrause. Ein alter Feldwebel oder etwas in dieser Art. Sein starres Auge – Indochina vermutlich – hält er lange auf mich gerichtet, als würde er mich auffordern, meine Anwesenheit zu rechtfertigen. Seinem Chef, der Schlange, scheint er mit Leib und Seele ergeben zu sein. Er selbst erinnert eher an eine Dogge – jene Hunderasse, die ihren Biss niemals lockert.

Bald beginnt die Schlange Fragen zu stellen, die den Zweck haben, Tisserand zu verunsichern und als inkompetent erscheinen zu lassen. Tisserand ist inkompetent, kein Zweifel, aber er hat schon Schlimmeres erlebt. Er ist ein Profi. Es macht ihm keine Mühe, die verschiedenen Angriffe abzuwehren, durch graziöse Ausweichmanöver oder indem er verspricht, im weiteren Verlauf des Kurses darauf zurückzukommen. Manchmal gelingt es ihm sogar, seinen Zuhörern einzureden, dass eine bestimmte Frage in der Zeit vor der Entwicklung der Informatik einen Sinn gehabt hätte, jetzt aber gegenstandslos geworden sei.

Zu Mittag werden wir von einer unangenehm schrillen Klingel unterbrochen. Schnäbele schlängelt uns entgegen: «Essen wir zusammen?» Eine Antwort erübrigt sich.

Er verkündet, dass er vor der Mahlzeit noch ein paar Kleinigkeiten zu erledigen habe, es täte ihm Leid. Aber wir könnten ihn begleiten, er würde uns «gern das Haus zeigen». Er führt uns durch die Gänge. Sein Vasall folgt zwei Schritte hinter uns. Tisserand flüstert mir zu, dass er «lieber mit den zwei Mädels aus der dritten Reihe» essen würde. Er hat also bereits die weibliche Beute unter den Teilnehmern ausfindig gemacht; das war zwar fast unvermeidlich, aber ich bin trotz allem ein wenig beunruhigt.

Wir betreten Schnäbeles Büro. Der Vasall bleibt in Warte-stellung auf der Türschwelle zurück; er hält Wache, könnte man meinen. Das Zimmer ist groß, ziemlich groß für einen so jungen Beamten; ich denke zuerst, dass er uns nur deshalb hierher geschleppt hat, um uns diese Tatsache vor Augen zu führen, denn er tut nichts – außer mit den Fin-gern leise auf sein Telefon zu trommeln. Ich lasse mich in einen Sessel vor dem Schreibtisch fallen, was mir Tisse-rand sofort nachmacht. Der andere Dummkopf sagt bestä-tigend: «Aber ja, setzen Sie sich ...» Im selben Augenblick tritt eine Sekretärin durch eine Seitentür. Sie nähert sich ehrfurchtsvoll dem Schreibtisch. Sie ist nicht mehr jung und trägt eine Brille. Mit geöffneten Händen hält sie eine Unterschriftenmappe. Das also, sage ich mir, ist der Grund für die ganze Inszenierung. Schnäbele spielt seine Rolle auf beeindruckende Weise. Bevor er das erste Dokument un-terzeichnet, lässt er seine Augen langsam und feierlich dar-über gleiten. Er weist auf eine «syntaktisch etwas unglück-liche Wendung» hin. Die Sekretärin, beschämt: «Ich kann es noch einmal schreiben, Monsieur ...» Und er, ganz vor-nehm: «Aber nein, das ist schon in Ordnung.»

Die stumpfsinnige Zeremonie wiederholt sich bei einem zweiten Dokument, dann bei einem dritten. Ich werde langsam hungrig. Ich stehe auf, um die Fotos an der Wand zu betrachten. Es sind Amateurfotos, sorgfältig entwickelt und gerahmt. Sie zeigen anscheinend Geysire, Eisbildun-gen und ähnliche Dinge. Ich stelle mir vor, dass er sie nach seinem in Island verbrachten Urlaub selbst entwickelt hat – eine Rundreise mit Nouvelles Frontières wahrscheinlich. Doch er hat alles mit Solarisationen, Sternfiltern und weiß Gott welchen Tricks verhunzt, sodass man fast nichts er-kennen kann und das Ganze ziemlich hässlich wirkt.

Als er mein Interesse bemerkt, kommt er näher und sagt:

«Das ist Island ... Ganz hübsch, finde ich.»

«Hm ...», antworte ich.

Endlich gehen wir essen. Schnäbele schreitet uns durch die Gänge voraus; er erläutert die Anordnung der Büros und die «Verteilung der Räume», als hätte er das Ganze soeben gekauft. Von Zeit zu Zeit, kurz bevor wir im rechten Winkel abbiegen müssen, macht er Anstalten, seinen Arm um meine Schultern zu legen – ohne mich zu berühren, Gott sei Dank. Er geht schnell, sodass Tisserand mit seinen kurzen Beinen etwas Mühe hat, Schritt zu halten – ich höre ihn neben mir schnaufen. Zwei Schritte hinter uns beschließt der Gefolgsmann den Zug, wie um einem möglichen Überraschungsangriff vorzubeugen.

Die Mahlzeit zieht sich endlos hin. Anfangs geht alles gut, Schnäbele spricht von sich selbst. Er informiert uns noch einmal über die Tatsache, dass er schon mit fünfundzwanzig Leiter der EDV-Abteilung ist – oder es jedenfalls in nächster Zukunft sein wird. Dreimal weist er uns zwischen Vor- und Hauptspeise auf sein Alter hin: fünfundzwanzig Jahre.

Danach will er wissen, welche «Ausbildung» wir haben, wahrscheinlich um festzustellen, dass sie an seine nicht heranreicht (er selbst darf sich IGREF nennen, und er scheint darauf stolz zu sein; ich kann mir zwar nichts darunter vorstellen, werde aber später erfahren, dass IGREFs eine besondere Sorte von hohen Beamten sind, die man nur in Institutionen findet, die vom Landwirtschaftsministerium abhängen – ein wenig wie die Absolventen der École Nationale d'Administration, aber nicht ganz so exquisit). Tisserand stellt ihn in dieser Hinsicht völlig zufrieden: Er behauptet, die Handelshochschule in Bastia absolviert zu haben – eine Erfindung an der Grenze des Wahrscheinlichen. Ich kaue mein Entrecôte mit Sauce Béarnaise und gebe vor, die Frage nicht gehört zu haben. Der Feldwebel sieht mich mit seinem starren Auge an, und ich frage mich einen Moment lang, ob er nicht gleich losbrüllen wird: «Antworten Sie, wenn Sie gefragt werden!» Ich drehe den Kopf einfach in eine andere Richtung. Schließlich antwortet Tisserand an meiner Stelle: Er stellt mich als «Systemingenieur» vor. Um seinem Einfall Glaubwürdigkeit zu verleihen, sage ich ein paar Sätze über skandinavische Normen und Netzumschaltungen. Schnäbele, jetzt in der Defensive, lehnt sich auf seinem Stuhl zurück; ich gehe mir eine Crème Caramel holen.

Der Nachmittag ist den praktischen Übungen am Computer gewidmet. Jetzt bin ich an der Reihe: Während Tisserand mit seinen Erklärungen fortfährt, gehe ich zu den Gruppen, um zu sehen, ob alle folgen können und imstande sind, die vorgeschlagenen Übungen durchzuführen. Das klappt recht gut; aber schließlich ist es mein Beruf.

Ziemlich oft stellen mir die beiden Mädchen Fragen. Sie sind Sekretärinnen und sitzen offenbar zum ersten Mal vor einem Computerbildschirm. Sie reagieren ein bisschen panisch, und das nicht einmal zu Unrecht. Aber jedes Mal, wenn ich zu ihnen will, schaltet sich Tisserand ein, er unterbricht dann sogar seinen Vortrag. Ich habe den Eindruck, dass es ihm besonders eine der beiden angetan hat; sie ist wirklich reizend, sehr üppig, very sexy; sie trägt einen schwarzen Spitzen-BH, ihre Brüste bewegen sich leicht unter dem Stoff. Jedes Mal, wenn Tisserand sich der armen kleinen Sekretärin nähert, verkrampft sich ihr Gesicht zu einem Ausdruck unwillkürlicher Abneigung, ja von Ekel. Das Schicksal ist unerbittlich.

Um siebzehn Uhr ertönt wieder die Klingel. Die Schüler packen ihre Sachen zusammen und wollen sich auf den Heimweg machen; aber Schnäbele tritt zu uns: Wie es scheint, hat die Giftschlange noch eine Karte auszuspielen. Er versucht zuerst, mich durch eine Vorbemerkung zu isolieren: «Die Frage, glaube ich, richtet sich eher an einen Systemmenschen wie Sie …» Dann legt er sein Problem dar: Soll er, um die Ausgangsspannung des Stroms, der seinen Netzwerkserver speist, zu stabilisieren, einen Wechselrichter kaufen oder nicht? Er hat zu diesem Thema widersprüchliche Meinungen gehört. Ich weiß darüber absolut gar nichts und will ihm das mitteilen. Doch Tisserand, wahrhaftig groß in Form, kommt mir zuvor: Gerade erst sei eine Studie zu diesem Thema erschienen, behauptet er kühn; die Schlussfolgerung sei klar: Ab einem bestimmten Niveau maschineller Arbeit amortisiere sich der Wechselrichter rasch, auf alle Fälle in weniger als drei Jahren. Leider habe er die Studie nicht bei sich, nicht einmal das genaue Zitat könne er angeben; aber gleich nach seiner Rückkehr nach Paris werde er ihm eine Fotokopie zukommen lassen.

Gut gespielt, Tisserand. Schnäbele zieht sich vollständig geschlagen zurück; er geht sogar so weit, uns einen Guten Abend zu wünschen.

Den Abend werden wir zunächst mit der Suche nach einem Hotel verbringen. Tisserand beschließt, dass wir uns im «Aux Armes Cauchoises» einquartieren. Ein schönes, sehr schönes Hotel. Aber die Spesen bekommen wir ja schließlich bezahlt, nicht wahr?

Danach will er einen Aperitif trinken gehen. Warum nicht!

Im Café wählt er einen Tisch nicht weit von zwei Mädchen. Er setzt sich, die Mädchen stehen auf und gehen. Eine perfekt synchronisierte Szene. Bravo, Mädels!

In seiner Verzweiflung bestellt er einen Martini dry; ich begnüge mich mit einem Bier. Ich fühle mich ein bisschen nervös. Die ganze Zeit über rauche ich, zünde mir buchstäblich eine Zigarette nach der anderen an.

Ich höre, dass er vor kurzem einem Fitness-Club beigetreten ist, um abzunehmen, «und natürlich auch zum Frauenaufreißen». Hervorragend, ich habe nichts dagegen.

Mir fällt auf, dass ich in letzter Zeit immer mehr rauche; ich muss mindestens bei vier Schachteln pro Tag angelangt sein. Zigarettenrauchen ist das einzige Stück echter Freiheit in meinem Leben. Das Einzige, was ich aus voller Überzeugung und ganzer Seele tue. Mein einziger Lebensinhalt.

Tisserand schneidet danach ein Thema an, das ihm besonders am Herzen liegt: dass nämlich «wir Informatiker die eigentlichen Könige sind». Ich vermute, er meint damit ein hohes Gehalt, berufliche Wertschätzung, genügend Möglichkeiten, den Arbeitsplatz zu wechseln. Nun ja, innerhalb dieser Grenzen hat er nicht Unrecht. Wir sind die Könige.

Er entwickelt seinen Gedanken; ich breche meine fünfte Schachtel Camel an. Kurze Zeit später trinkt er seinen Martini aus; er möchte zurück ins Hotel, um sich vor dem Abendessen umzuziehen. Kein Problem, alles klar, gehen wir.

Während ich in der Halle auf ihn warte, sehe ich Fernsehbilder von Studentendemonstrationen. Eine davon, in

Paris, hat riesige Ausmaße erreicht: Den Journalisten zufolge sind mindestens dreihunderttausend Menschen auf der Straße. Es sollte eine friedliche Demonstration werden, so etwas wie ein großes Fest. Und wie alle friedlichen Demonstrationen hat sie ein böses Ende genommen, ein Student hat ein kaputtes Auge, ein Polizist eine abgerissene Hand usw.

Am Tag nach der Riesendemonstration fand in Paris ein Protestmarsch gegen die «Polizeiübergriffe» statt; er vollzog sich in einer Atmosphäre «überwältigender Würde», wie ein Kommentator berichtet, der eindeutig auf der Seite der Studenten steht. Diese ganze Würde ist ziemlich ermüdend; ich wechsle den Kanal und stoße auf einen Erotik-Clip. Schließlich schalte ich ab.

Tisserand kommt herunter. Er trägt eine Art Abendjogginganzug in Schwarz und Gold, der ihm ein bisschen das Aussehen eines Mistkäfers gibt. Gut, also gehen wir.

Wir überlegen, wohin, und ich schlage das ‹Flunch› vor. Das ist ein Lokal, wo man Pommes frites mit unbegrenzten Mengen von Mayonnaise essen kann (man löffelt so viel man will aus einem großen mayonnaisegefüllten Eimer); ich begnüge mich im Übrigen mit einem Teller mayonnaisetriefender Fritten und einem Bier. Tisserand hingegen bestellt ohne zu zögern ein Couscous Royal und eine Flasche Sidi Brahim. Nach dem zweiten Glas Wein beginnt er, den Kellnerinnen, den Gästen, allen möglichen Leuten Blicke zuzuwerfen. Armer Junge. Armer, armer Junge. Im Grunde weiß ich genau, warum er meine Gesellschaft so schätzt: weil ich niemals von meinen Freundinnen rede und meine Erfolge beim weiblichen Geschlecht nicht zur Schau stelle. Er fühlt sich daher zu der Vermutung berechtigt (und täuscht sich keineswegs), dass ich aus dem einen oder anderen Grund kein Sexualleben habe; für ihn bedeutet das ein Leiden weniger, eine geringfügige Linderung seines Martyriums. Ich erinnere mich an die peinliche Szene, als ihm eines Tages Thomassen vorgestellt wurde, der gerade in unseren Laden gekommen war. Thomassen ist schwedischer Herkunft; er ist sehr groß (über zwei Meter, glaube ich), bewundernswert gut gebaut, ein Gesicht von außergewöhnlicher Schönheit, sonnig, strahlend; man hat wirklich das Gefühl, einem Übermenschen oder Halbgott gegenüberzustehen.

Thomassen drückte zuerst mir die Hand, bevor er zu Tisserand ging. Tisserand stand auf und bemerkte nun erst, dass der andere ihn um gut vierzig Zentimeter überragte. Er setzte sich schlagartig wieder hin, sein Gesicht färbte sich puterrot, ich dachte schon, er würde ihm an die Gurgel springen; es war furchtbar mit anzusehen.

Später habe ich mit Thomassen zusammen mehrere Reisen in die Provinz gemacht – zwecks Ausbildungskursen, immer mehr oder minder dasselbe. Wir haben uns sehr gut verstanden. Mir ist des Öfteren aufgefallen, dass außergewöhnlich schöne Menschen häufig bescheiden, freundlich, liebenswürdig, zuvorkommend sind. Es fällt ihnen schwer, Freundschaften zu schließen, zumindest unter Männern. Sie müssen sich ständig Mühe geben, ihre Überlegenheit, sei es auch nur ein klein wenig, vergessen zu machen.

Tisserand musste Gott sei Dank nie eine Reise mit Thomassen machen. Ich weiß aber, dass er jedes Mal, wenn ein Ausbildungszyklus vorbereitet wird, daran denkt und schlaflose Nächte hat.

Nach dem Essen will er noch ein Gläschen in einem «netten Café» trinken. Sehr schön.

Ich folge ihm auf dem Fuß und ich muss zugeben, dass seine Wahl diesmal nicht schlecht ist: Wir betreten eine Art großen, gewölbten Keller mit uralten, zweifellos echten Deckenbalken. Da und dort stehen kleine, von Kerzen beleuchtete Holztische. In einem riesigen Kamin ganz am Ende des Raums brennt ein Feuer. Das Ganze erzeugt eine Atmosphäre glücklicher Improvisation, sympathischer Unordnung.

Wir setzen uns. Er bestellt einen Bourbon mit Wasser, ich bleibe beim Bier. Ich lasse meinen Blick schweifen und sage mir, dass wir diesmal richtig sind, dass mein unglücklicher Kamerad hier vielleicht am Ende des Weges angekommen ist. Wir sind in einem Studentencafé gelandet, alle sind fröhlich, alle wollen sich amüsieren. An mehreren Tischen sitzen zwei oder drei Mädchen, und an der Bar stehen sogar einige ganz allein.

Ich setze meine verführerischste Miene auf und schaue Tisserand an. Die Jungen und Mädchen im Café berühren einander. Die Frauen streichen sich mit anmutiger Geste das Haar zurück. Sie kreuzen die Beine und warten auf eine Gelegenheit, in schallendes Gelächter auszubrechen. Kurz, sie amüsieren sich. Jetzt gilt es zuzuschlagen – jetzt oder nie, an diesem Ort, der so hervorragend dafür geeignet ist.

Tisserand hebt die Augen von seinem Glas und blickt mich durch seine Brille an. Ich merke, dass er nicht mehr die Kraft dazu hat. Er schafft es nicht, er hat nicht mehr den Mut, einen Versuch zu wagen, er hat die Schnauze endgültig voll. Er schaut mich an; sein Gesicht zittert ein wenig. Wahrscheinlich ist es der Alkohol, er hat beim Essen zu viel Wein getrunken, der Idiot. Ich frage mich, ob er nicht gleich zu schluchzen beginnen und mir die Etappen seines Kreuzwegs erzählen wird; ich spüre, dass er zu irgend so etwas Anstalten macht; die Gläser seiner Brille sind leicht von Tränen beschlagen.

Macht nichts, ich bin zu allem bereit, ich höre mir seine Geschichte an, notfalls trage ich ihn bis ins Hotel. Aber ich weiß genau, morgen wird er mir deswegen böse sein.

Ich schweige; ich warte, ohne etwas zu sagen; ich finde einfach kein passendes Wort. Die Ungewissheit dauert gut eine Minute, dann ist die Krise vorbei. Mit sonderbar schwacher, beinahe zittriger Stimme sagt er: «Besser, wir gehen jetzt. Morgen müssen wir früh raus.»

Einverstanden, wir gehen. Wir trinken unsere Gläser aus und gehen. Ich zünde mir eine letzte Zigarette an, schaue Tisserand wieder ins Gesicht. Er ist wirklich völlig verstört. Ohne ein Wort lässt er mich die Getränke bezahlen, ohne ein Wort folgt er mir, als ich den Weg zur Tür nehme. Er ist gebeugt, geknickt; er schämt sich für sich selbst, er verachtet sich, er wäre am liebsten tot.

Wir gehen in Richtung Hotel. Auf den Straßen beginnt es zu regnen. Unser erster Tag in Rouen ist zu Ende. Und ich weiß mit absoluter Gewissheit, dass die kommenden Tage diesem ersten aufs Haar gleichen werden.

Zwei
Jeder Tag ist ein neuer Tag

Heute in den Nouvelles Galeries gewesen, als ein Typ starb. Ganz schlichter Tod, à la Patricia Highsmith (ich meine, in dieser Schlichtheit und Brutalität, die das wirkliche Leben auszeichnet und die man auch in den Romanen von Patricia Highsmith findet).

Es hat sich folgendermaßen abgespielt. Als ich die Selbstbedienungsabteilung des Kaufhauses betrat, bemerkte ich einen auf dem Boden liegenden Mann, dessen Gesicht ich nicht sehen konnte (ich erfuhr jedoch später aus einem Gespräch zwischen Kassiererinnen, dass er ungefähr vierzig sein musste). Mehrere Personen waren bereits eifrig um ihn bemüht. Ich ging weiter, gab mir Mühe, nicht lange stehen zu bleiben, um nicht durch morbide Neugier aufzufallen. Es war ungefähr achtzehn Uhr.

Ich kaufte wenig: abgepackte Brotscheiben und Käse, um in meinem Hotelzimmer zu essen (ich hatte beschlossen, an diesem Abend die Gesellschaft Tisserands zu meiden, um ein wenig auszuruhen). Aber ich zögerte eine Weile vor den vielen verschiedenen Weinflaschen, die der Begierde des Publikums dargeboten wurden. Das Dumme war, dass ich keinen Korkenzieher hatte. Im Übrigen mag ich keinen Wein; letzteres Argument trug schließlich den Sieg davon, und ich griff zu einem Sechserpack Tuborg.

Als ich an die Kasse kam, erfuhr ich aus dem Gespräch zwischen den Kassiererinnen und einem Paar, das sich an den Rettungsversuchen – zumindest in der letzten Phase – beteiligt hatte, dass der Mann tot war. Die Frau war Krankenschwester. Sie fand, man hätte eine Herzmassage machen müssen, das hätte ihn möglicherweise retten können. Ich weiß nicht, ich verstehe ja nichts davon; aber wenn das stimmt, warum hat sie es dann nicht selbst versucht? Ich begreife dieses Verhalten nicht.

Jedenfalls ziehe ich daraus den Schluss, dass man unter bestimmten Umständen sehr leicht vom Leben zum Tode gelangen – oder noch einmal davonkommen – kann.

Man kann nicht sagen, dass es ein würdiger Tod war, mit all den Passanten, die ihre Einkaufswagen vor sich herschoben (es war die Zeit des größten Massenandrangs), in dieser Zirkusstimmung, die die Supermärkte auszeichnet. Ich erinnere mich, es lief sogar der Werbesong der Nouvelles Galeries (vielleicht spielen sie inzwischen einen anderen); der Refrain setzte sich aus folgenden Wörtern zusammen: «Nouvelles Galeries, aujourd'huiii ... Jeder Tag ist ein neuer Tag ...»

Als ich das Kaufhaus verließ, war der Mann immer noch da. Man hatte ihn in Teppiche gehüllt oder eher in dicke Decken, die fest verschnürt worden waren. Er war bereits kein Mensch mehr, sondern ein schweres und träges Frachtstück, für dessen Transport man Vorkehrungen traf.

Das war's auch schon. Achtzehn Uhr zwanzig.

Drei
Das Spiel vom alten Marktplatz

Aus einer etwas absurden Laune heraus beschloss ich, das Wochenende in Rouen zu verbringen. Tisserand war erstaunt; ich erklärte ihm, ich hätte Lust, die Stadt kennen zu lernen, und in Paris gebe es für mich ohnehin nichts zu tun. In Wirklichkeit habe ich keine große Lust auf Sightseeing.

Trotzdem, es gibt hier sehr schöne Reste aus dem Mittelalter, alte Häuser mit echtem Charme. Vor fünf oder sechs Jahrhunderten muss Rouen eine der schönsten Städte Frankreichs gewesen sein; aber jetzt ist alles im Eimer. Alles grau, schmutzig, schlecht erhalten, vom ständigen Autoverkehr, von Lärm und Luftverschmutzung versaut. Ich weiß nicht, wer der Bürgermeister ist, aber zehn Minuten Spaziergang durch die Altstadt genügen, um festzustellen, dass er vollkommen unfähig oder korrupt ist.

Zu allem Überfluss drehen Scharen von Vorstadtkids auf Motorrädern oder Mofas mit ungedämpftem Auspuff ihre Runden. Sie kommen aus den Randbezirken von Rouen, wo ein Industriebetrieb nach dem anderen zusammenbricht. Ihr Ziel ist es, einen möglichst schrillen, möglichst unangenehmen Lärm zu erzeugen, der für die Anrainer wirklich unerträglich sein muss. Das gelingt ihnen vorzüglich.

Gegen vierzehn Uhr verlasse ich mein Hotel. Ohne zu

zögern, gehe ich auf den Alten Markt. Das ist ein ziemlich großer, ringsum von Cafés, Restaurants und Luxusgeschäften gesäumter Platz. Hier wurde vor mehr als fünfhundert Jahren Jeanne d'Arc verbrannt. Zum Gedenken an das Ereignis hat man eine Anhäufung von bizarr gekrümmten Betonplatten errichtet, die aus dem Boden ragen und sich bei genauerem Hinsehen als Kirche erweisen. Außerdem gibt es hier embryonale Rasenflächen, Blumenbeete und schiefe Ebenen, die offenbar für Skateboardfahrer bestimmt sind – oder für Rollstuhlfahrer, das ist schwer zu entscheiden. Doch damit ist die Komplexität dieser Örtlichkeit noch nicht erschöpft: Ebenfalls in der Mitte des Platzes, unter einer Art Betonkuppel, befinden sich Geschäfte und daneben ein Gebäude, das wie eine Autobushaltestelle aussieht.

Entschlossen, mir Klarheit zu verschaffen, setze ich mich auf eine der Betonplatten. Es wäre durchaus denkbar, dass dieser Platz das Herz, der Mittelpunkt der Stadt ist. Was wird hier eigentlich gespielt?

Ich beobachte zuerst, dass sich die Leute meist in Banden oder kleinen Gruppen von zwei bis sechs Personen fortbewegen. Keine Gruppe scheint der anderen zu gleichen. Offenbar sind sie einander ähnlich, sie ähneln einander sogar beträchtlich, aber diese Ähnlichkeit kann man nicht als Gleichheit bezeichnen. Es ist, als ginge es ihnen darum, den Antagonismus zu veranschaulichen, der notwendigerweise mit jeder Art von Individuation verbunden ist: kleine Unterschiede der Körperhaltung, der Bewegungsweise und der Art, wie man dem anderen begegnet.

Dann stelle ich fest, dass alle diese Leute zufrieden mit sich und der Welt sind; das ist erstaunlich, sogar ein wenig erschreckend. Sie schlendern träge umher, lächeln spöttisch oder machen ein dämliches Gesicht. Einige von den Jüngeren tragen Lederjacken mit wüsten Hard-Rock-Motiven; man kann darauf Sätze lesen wie «Kill them all!» oder «Fuck and destroy!» Aber alle verbindet die Gewissheit, einen angenehmen, hauptsächlich dem Konsum gewidmeten Nachmittag zu verbringen und so zur Festigung ihres Daseins beizutragen.

Ich stelle fest, dass ich mich anders als sie fühle, ohne jedoch die Natur dieses Andersseins genauer bestimmen zu können.

Am Ende flüchte ich, ermüdet von dieser ausweglosen Beobachtungstätigkeit, in ein Café. Wieder ein Fehler. Zwischen den Tischen streift eine riesige deutsche Dogge umher, noch monströser als die meisten Exemplare ihrer Rasse. Sie bleibt vor jedem Gast stehen, als würde sie überlegen, ob es sich lohnt, ihn zu beißen.

Zwei Meter von mir entfernt sitzt ein junges Mädchen vor einer großen Tasse schaumiger Schokolade. Das Tier bleibt lange vor ihr stehen, beschnuppert die Tasse mit seiner Schnauze, als wollte es plötzlich mit einem großen Zungenschlag den Inhalt ausschlabbern. Ich spüre, dass das Mädchen Angst bekommt. Ich stehe auf, möchte schon eingreifen, denn ich hasse diese Tiere. Aber im selben Augenblick zieht der Hund ab.

Danach bin ich ein wenig durch die Gässchen flaniert. Rein zufällig bin ich auf den Aître Saint-Maclou gestoßen: ein großer, prachtvoller viereckiger Hof, ringsum gesäumt von gotischen Skulpturen aus dunklem Holz.

Ein paar Schritte weiter, am Eingang der Kirche, habe ich eine Hochzeit gesehen. Eine Hochzeit auf traditionelle Art: blaugrauer Anzug, weißes Kleid und Orangenblüten, kleine Brautjungfern … Ich saß auf einer Bank, nicht weit von den Stufen zur Kirche.

Braut und Bräutigam waren nicht mehr jung. Der Mann dick, seine Haut gerötet; die Frau ein wenig größer als er, eckiges Gesicht, Brille. Das alles zusammen ergab, leider muss es gesagt werden, einen etwas lächerlichen Eindruck. Eine Gruppe Halbwüchsiger, die vorbeikamen, machte sich erwartungsgemäß lauthals über das Paar lustig.

Einige Minuten lang konnte ich das alles auf streng objektive Weise beobachten. Doch dann packte mich ein Gefühl des Unbehagens. Ich stand auf und ging schnell weg.

Zwei Stunden später, es war inzwischen Abend geworden, verließ ich wieder das Hotel. Ich aß eine Pizza im Stehen, allein, in einem menschenleeren Lokal, das tatsächlich keine Kundschaft verdiente. Der Pizzateig war abscheulich. Das Interieur bestand aus weißen Mosaikplatten und stahlgrauen Stehlampen – man konnte meinen, in einen Operationssaal geraten zu sein.

Dann habe ich mir in dem Kino, das in Rouen auf solche Dinge spezialisiert ist, einen Pornofilm angesehen. Der Saal war halb voll, was gar nicht schlecht ist. Vor allem Rentner und Einwanderer; aber auch mehrere Pärchen.

Nach einer Weile bemerkte ich mit Erstaunen, dass die Zuschauer häufig und ohne erkennbaren Grund den Platz wechselten. Ich wollte die Ursachen des Karussellspiels herausfinden und wechselte, zugleich mit einem anderen Typ, ebenfalls den Platz. Der Grund ist einfach: Jedes Mal, wenn ein Pärchen kommt, sieht es sich von zwei oder drei Männern umringt, die sich wenige Sitze entfernt niederlassen und zu masturbieren beginnen. Ich nehme an, sie hoffen, dass der weibliche Teil des Pärchens einen Blick auf ihr Geschlecht wirft.

Ich blieb ungefähr eine Stunde in diesem Kino, dann machte ich mich auf den Weg durch die Altstadt zum Bahnhof. Ein paar mäßig bedrohlich wirkende Bettler lungerten in der Halle herum; ich achtete nicht auf sie und notierte mir die Abfahrtzeiten der Züge nach Paris.

Am nächsten Tag stand ich früh auf und kam rechtzeitig zum ersten Zug. Ich kaufte eine Fahrkarte, ich wartete – und bin dann nicht gefahren; warum, verstehe ich immer noch nicht. Das alles ist höchst unerfreulich.

Vier

Am Abend des folgenden Tages wurde ich krank. Nach dem Abendessen wollte Tisserand in eine Kneipe gehen; ich habe das Angebot abgelehnt. Meine linke Schulter tat mir weh, und es liefen mir Schauer über den Rücken. Zurück im Hotel, versuchte ich zu schlafen, aber es ging nicht; sobald ich mich hingelegt hatte, konnte ich nicht mehr richtig atmen. Ich setzte mich auf. Die Tapete war deprimierend.

Nach einer Stunde kamen die Atembeschwerden wieder, sogar im Sitzen. Ich ging zum Waschbecken. Mein Gesicht war leichenblass. Der Schmerz hatte begonnen, sich langsam von der Schulter in Richtung Herz zu bewegen. Da sagte ich mir, mein Zustand könnte möglicherweise beunruhigend sein; ich hatte in letzter Zeit viel zu viel geraucht.

Ungefähr zwanzig Minuten lang blieb ich auf das Waschbecken gestützt und fühlte, wie sich der Schmerz nach und nach ausbreitete. Es war mir sehr lästig, noch einmal hinaus zu müssen, ins Krankenhaus zu gehen und das alles.

Gegen ein Uhr morgens habe ich die Tür zugeworfen und bin losgegangen. Der Schmerz war jetzt eindeutig auf Herzhöhe. Jeder Atemzug kostete mich enorme Anstrengung und verursachte ein schwaches Pfeifen. Ich kam nicht recht voran, nur mit ganz kleinen Schritten von höchstens dreißig Zentimetern. Ständig musste ich mich auf geparkte Autos stützen.

Ein paar Minuten lang ruhte ich an einem Peugeot 104 aus, dann nahm ich eine ansteigende Straße, die zu einer größeren Kreuzung zu führen schien. Ich brauchte ungefähr eine halbe Stunde für die fünfhundert Meter. Die Schmerzen wurden nicht mehr stärker, hielten sich aber auf einem hohen Pegel. Dafür wurden die Atembeschwerden jetzt immer heftiger – das war das eigentlich Beunruhigende. Ich hatte das Gefühl, wenn das so weiterginge, wäre ich bald im Jenseits, schon in wenigen Stunden, jedenfalls vor Sonnenaufgang. Dieser plötzliche Tod hatte in seiner Ungerechtigkeit etwas Verblüffendes. Man konnte keineswegs sagen, dass ich das Leben übermäßig genossen hatte. Sicher, seit einigen Jahren lief es nicht gut; aber das war noch lange kein Grund, das Experiment abzubrechen; im Gegenteil, man hätte meinen können, das Leben würde mir künftig (und das mit Recht) zulächeln. Das alles war eindeutig schlecht organisiert.

Außerdem waren mir diese Stadt und ihre Bewohner von Anfang an unsympathisch gewesen. Ich wollte nicht nur nicht sterben, sondern vor allem nicht in Rouen sterben. In Rouen zu sterben, mitten unter den Bewohnern dieser Stadt, war mir eine besonders hassenswerte Vorstellung. Zu viel der Ehre für diese idiotischen Einheimischen, sagte ich mir in einem leichten Wahn, der vermutlich durch die Schmerzen bedingt war. Ich erinnere mich an dieses junge Pärchen: Es war mir gelungen, ihren Wagen an einer Ampel anzuhalten; sie kamen wahrscheinlich gerade aus irgendeiner Kneipe. Ich frage nach dem Weg zum

80

Krankenhaus. Das Mädchen, leicht gereizt, erklärt ihn mir kurz. Sekunden des Schweigens. Ich bin kaum imstande zu sprechen, kaum in der Lage, mich auf den Beinen zu halten; es ist klar, dass ich nicht allein hingehen kann. Ich schaue die beiden an, appelliere stumm an ihr Mitleid, und gleichzeitig frage ich mich, ob sie wirklich begreifen, was sie in diesem Augenblick tun. Dann springt die Ampel auf Grün, der Typ steigt aufs Gas. Haben sie im Nachhinein ein Wort gewechselt, um ihr Verhalten zu rechtfertigen? Ich bin mir dessen gar nicht sicher.

Schließlich taucht unerwartet ein Taxi auf. Ich versuche, locker zu wirken, um ihm mitzuteilen, dass ich ins Krankenhaus will, aber das klappt nicht so recht, und der Fahrer weist mich beinahe ab. Der arme Narr untersteht sich nicht, kurz bevor er losfährt zu sagen, er hoffe, «daß ich ihm den Rücksitz nicht schmutzig mache». Tatsächlich hatte ich schon des Öfteren gehört, dass schwangere Frauen, die die Wehen bekommen, dasselbe Problem haben: Abgesehen von einigen Kambodschanern weigern sich alle Taxis, sie mitzunehmen, aus Angst, mit organischen Ausflüssen auf ihren hinteren Sitzen belästigt zu werden.

So sieht das aus!

Im Krankenhaus, das muss ich zugeben, sind die Formalitäten rasch erledigt. Ein Assistenzarzt kümmert sich um mich, er macht eine Reihe von Untersuchungen. Ich glaube, er möchte sich vergewissern, dass ich nicht in der nächsten Stunde unter seinen Händen zusammenklappen werde.

Nachdem er alles untersucht hat, teilt er mir mit, dass ich eine Herzbeutelentzündung habe und keinen Infarkt, wie er zuerst angenommen hatte. Er sagt, dass die Symptome anfangs genau dieselben seien, aber im Gegensatz zum Infarkt, der oft tödlich ende, sei die Herzbeutelentzündung eine harmlose Krankheit, auf keinen Fall sterbe man daran. Er sagt: «Sie werden wahrscheinlich Angst gehabt haben.» Ich sage ja, um keine Geschichten zu machen, aber in Wirklichkeit habe ich überhaupt keine Angst gehabt, sondern nur das Gefühl, dass ich in den nächsten Minuten abkratzen werde. Das ist etwas anderes.

Dann werde ich in die Notaufnahme gebracht. Auf dem Bett sitzend beginne ich zu stöhnen. Das hilft ein bisschen. Ich bin allein im Saal, ich brauche mir keinen Zwang anzutun. Von Zeit zu Zeit steckt eine Krankenschwester die Nase zur Tür herein, vergewissert sich, dass mein Stöhnen konstant bleibt, und verschwindet wieder.

Draußen wird es hell. Ein Betrunkener wird gebracht und auf ein benachbartes Bett gelegt. Ich stöhne leise und regelmäßig.

Gegen acht Uhr kommt ein Arzt. Er teilt mir mit, dass ich auf die Kardiologie verlegt werde und dass er mir eine Beruhigungsspritze geben wird. Ich finde, daran hätten sie früher denken können. Nach der Spritze schlafe ich sofort ein.

Als ich erwache, ist Tisserand an meinem Bett. Er sieht erschrocken aus, aber gleichzeitig wirkt er erfreut, mich wieder zu sehen; ich bin ein wenig gerührt über seine Fürsorglichkeit. Als er mich nicht in meinem Hotelzimmer gefunden hatte, war er nervös geworden, er hat überall angerufen: bei der Landwirtschaftsdirektion, bei der Polizei, bei unserer Firma in Paris … Er wirkt immer noch ein wenig beunruhigt; allerdings dürfte ich mit meinem aschfahlen Gesicht und dem Infusionsschlauch tatsächlich keinen vor Gesundheit strotzenden Anblick bieten. Ich erkläre

82

ihm, dass ich eine Herzbeutelentzündung habe, eine Lappalie, in weniger als zwei Wochen werde ich wieder der Alte sein. Er möchte die Diagnose von einer Krankenschwester bestätigt haben, doch die hat nicht die leiseste Ahnung. Er sagt, dass er mit einem Arzt sprechen will, mit dem Stationschef, mit irgendwem … Schließlich gibt ihm der Dienst tuende Assistenzarzt die Beruhigung, nach der er verlangt.

Er kommt zurück an mein Bett. Er verspricht mir, den Ausbildungskurs allein weiterzuführen; er wird die Firma anrufen, sie informieren und sich um alles kümmern; er fragt mich, ob ich irgendetwas brauche. Nein, im Moment nicht. Also macht er sich auf den Weg, mit einem großen, aufmunternden Freundeslächeln. Fast im selben Augenblick schlafe ich wieder ein.

Fünf

*«Diese Söhne sind meine, und
diese Güter gehören mir.»
Solche Gedanken quälen den
Toren. Doch er besitzt nicht
einmal sich selbst; wie erst
Söhne und Reichtümer?*

Dhammapada, V

Man gewöhnt sich rasch an das Krankenhaus. Eine ganze
Woche lang war ich ziemlich mitgenommen, ich hatte
nicht die geringste Lust, mich zu bewegen oder zu sprechen. Aber ich sah die Leute um mich herum, die plauder-
ten, sich mit jenem fieberhaften Interesse, mit jener Ge-
nüsslichkeit, die den Gesunden immer ein wenig schamlos
vorkommt, von ihren Krankheiten erzählten. Ich sah ihre
Angehörigen, die zu Besuch kamen. Im Großen und Ganzen beklagte sich niemand; alle schienen zufrieden mit ihrem Schicksal, trotz der unnatürlichen Lebensweise, zu
der sie gezwungen waren und trotz der Gefahr, die über
ihnen schwebte; denn letzten Endes hängt das Leben der
meisten Patienten auf einer Herzstation an einem seidenen
Faden.

Ich erinnere mich an diesen fünfundfünfzigjährigen Arbeiter, er war bereits zum sechsten Mal da: Er begrüßte alle auf das Herzlichste, den Arzt, die Krankenschwestern … Allem Anschein nach war er begeistert über seinen Krankenhausaufenthalt. Dabei war er ein Mann mit sehr aktivem Privatleben: Er betätigte sich als Heimwerker, pflegte den Garten usw. Ich habe seine Frau gesehen, sie wirkte sehr nett; es war rührend zu sehen, wie sie einander liebten, mit ihren mehr als fünfzig Jahren. Doch sobald er im Krankenhaus war, gab er jeglichen Willen auf; er war froh, seinen Körper den Händen der Wissenschaft zu überantworten. Weil er das Gefühl hatte, dass alles geregelt war. Früher oder später würde er endgültig in diesem Krankenhaus bleiben, das war klar; aber auch das war geregelt. Ich sehe ihn vor mir, wie er mit einer Art genießerischer Ungeduld zum Arzt spricht, wobei er Abkürzungen verwendet, die ihm vertraut waren, mir aber unverständlich: «Ihr werdet mir also meine Pneumo und meine Katavenöse machen?» Seine Katavenöse schien ihm besonders am Herzen zu liegen; er sprach jeden Tag von ihr.

Im Vergleich zu den anderen empfand ich mich als eher unangenehmen Kranken. Ich hatte gewisse Schwierigkeiten, wieder Besitz von mir selbst zu ergreifen. Seltsame Erfahrung. Die eigenen Beine als fremde Gegenstände zu sehen, als etwas, das mit dem eigenen Geist nichts zu tun hat, dem sie mehr oder minder zufällig zugeordnet sind, und das eher schlecht. Sich selbst – fast ungläubig – als einen Haufen von Gliedmaßen in Bewegung vorzustellen. Und man braucht sie, diese Gliedmaßen, man ist unbedingt auf sie angewiesen. Trotzdem sehen sie manchmal ziemlich merkwürdig aus, ziemlich bizarr. Vor allem die Beine.

Tisserand ist zweimal zu Besuch gekommen; er war reizend, hat mir Bücher und Kuchen gebracht. Er wollte mir unbedingt eine Freude machen, das habe ich richtig gespürt; also habe ich ihm ein paar Buchtitel genannt. Aber eigentlich hatte ich keine rechte Lust zum Lesen. Mein Geist trieb vor sich hin, unentschieden, ein wenig perplex.

Er machte ein paar anzügliche Witze über die Krankenschwestern, aber das war unvermeidlich, ganz natürlich, und ich war ihm nicht böse. Außerdem ist es ja wahr, dass die Krankenschwestern bei der Hitze, die in den Spitälern herrscht, unter ihren Kitteln fast nackt sind. Nur ein BH und ein Höschen, durchscheinend unter dem Stoff. So muss einfach eine erotische Spannung entstehen, nicht sehr stark, aber beständig, zumal einen die Schwestern berühren und man selbst beinahe nackt ist usw. Leider verspürt sogar der kranke Körper noch Lüste. Eigentlich schreibe ich das nur auf, um es später nicht zu vergessen. Ich selbst war in einem Zustand fast vollkommener erotischer Empfindungslosigkeit, zumindest während der ersten Woche.

Die Krankenschwestern und die anderen Patienten waren erstaunt, dass ich nicht mehr Besuche erhielt, das habe ich wohl bemerkt. Also erklärte ich zur allgemeinen Erbauung, dass ich mich in dem Moment, in dem mir das passiert war, aus beruflichen Gründen in Rouen aufgehalten hatte. Das hier war nicht meine Gegend, ich kannte niemanden. Kurz, ich war nur zufällig da.

Aber gab es denn niemanden, den ich benachrichtigen, den ich über meinen Zustand informieren wollte? Nein, es gab niemanden.

Die zweite Woche war weniger erfreulich; ich begann zu genesen und Sehnsucht nach draußen zu zeigen. Das Leben erwies sich als stärker, wie man so sagt. Kein Tisserand war mehr da, um mir Kuchen zu bringen; er musste seine Nummer jetzt vor den Bewohnern der Stadt Dijon abziehen.

Als ich am Montagmorgen zufällig Radio hörte, erfuhr ich, dass die Studenten ihre Demonstrationen beendet hatten und dass sie natürlich alles bekommen hatten, was sie wollten. Dafür war jetzt ein Streik unter den Eisenbahnern ausgebrochen, in einer von Beginn an sehr gespannten Atmosphäre; die Gewerkschaften schienen von der Unnachgiebigkeit und Gewalttätigkeit der Streikenden überrollt zu werden. Die Welt ging also weiter. Der Kampf ging weiter.

Am nächsten Tag rief jemand aus meiner Firma an und wollte mich sprechen. Es war eine Chefsekretärin, an der die schwierige Aufgabe hängen geblieben war. Sie bewältigte sie tadellos, sprach mit der üblichen Behutsamkeit, versicherte mir, dass die Wiederherstellung meiner Gesundheit für die Firma an oberster Stelle stand. Dennoch hätte sie gern gewusst, ob ich in der Lage sei, wie vorgesehen nach La Roche-sur-Yon zu fahren. Ich antwortete, dass ich keine Ahnung hätte, dass aber genau dies einer meiner brennendsten Wünsche sei. Ihr Lachen klang ein bisschen dümmlich; sie ist nicht besonders hell im Kopf, das war mir schon früher aufgefallen.

Sechs
Rouen – Paris

Am übernächsten Tag verließ ich das Krankenhaus, ich glaube, ein wenig früher, als es die Ärzte eigentlich wollten. Normalerweise versuchen sie, einen so lange wie möglich dazubehalten, um die Auslastungsquote ihrer Betten zu erhöhen. Doch die bevorstehenden Feiertage haben sie zweifellos milde gestimmt. Im Übrigen hatte mir der Chefarzt versprochen: «Weihnachten sind Sie zu Hause.» Das waren seine Worte gewesen. Zu Hause, was immer das heißen mag; jedenfalls irgendwo.

Ich verabschiedete mich von dem Arbeiter, der am Vortag operiert worden war. Den Ärzten zufolge war die Operation gut verlaufen; trotzdem hatte ich den Eindruck, als würde er auf dem letzten Loch pfeifen.

Seine Frau wollte unbedingt, dass ich von dem Apfelkuchen kostete, den ihr Gemahl zu verschlingen nicht die Kraft hatte. Ich willigte ein; der Kuchen schmeckte vorzüglich.

«Kopf hoch, mein Junge!», rief er mir beim Abschied zu. Ich wünschte ihm alles Gute. Er hatte schon Recht: Mit erhobenem Kopf kommst du immer voran.

Rouen – Paris. Vor genau drei Wochen habe ich dieselbe Strecke in umgekehrter Richtung zurückgelegt. Was hat sich seither verändert? Kleine Siedlungen rauchen immer

noch fern im Tal, wie ein Versprechen friedlichen Glücks.
Das Gras ist grün. Die Sonne scheint, kleine Wolken bilden
ein Gegengewicht; das Licht ist eher ein Frühjahrslicht.
Weiter weg jedoch ist das Land überschwemmt. Man ge-
wahrt das langsame Zittern des Wassers zwischen den
Weiden; man denkt an klebrigen, schwärzlichen Schlamm,
in den der Fuß plötzlich einsinkt.

Im Waggon, nicht weit von mir, hat ein Schwarzer seinen Walkman in Betrieb und kippt dazu eine Flasche J & B
hinunter. Er schwankt im Mittelgang hin und her, hält die
Flasche umklammert. Ein Tier, wahrscheinlich gefährlich.
Ich versuche, seinem Blick auszuweichen, obwohl er ganz
freundschaftlich dreinschaut.

Ein Angestellter setzt sich mir gegenüber, wahrscheinlich
fühlt er sich durch den Neger gestört. Was will der hier? Soll
er doch erster Klasse reisen! Nie hat man seine Ruhe. Er trägt
eine Rolex am Handgelenk und ein Jackett Marke *Seersucker*.
Am Ringfinger der linken Hand trägt er einen verhältnismäßig schlanken goldenen Ehering. Sein Kopf ist quadra-
tisch, der Gesichtsausdruck offen, nicht unsympathisch. Er
wird um die vierzig sein. Auf seinem hellen cremefarbenen
Hemd zeichnen sich, nur wenig dunkler, feine reliefartige
Streifen ab. Seine Krawatte ist von mittlerer Größe; selbst-
verständlich liest er ein Wirtschaftsmagazin. Er liest es nicht
nur, sondern verschlingt es geradezu, als hinge von dieser
Lektüre auf einmal der Sinn seines Lebens ab.

Ich bin gezwungen, mich der Landschaft zuzuwenden,
um ihn nicht mehr zu sehen. Seltsam, jetzt kommt es mir
vor, als sei die Sonne wieder rot wie auf der Hinreise. Aber
das ist mir ziemlich egal; auch fünf oder sechs rote Sonnen
würden den Lauf meiner Betrachtungen nicht im Mindesten ändern.

Ich liebe diese Welt nicht. Ich liebe sie ganz entschieden nicht. Die Gesellschaft, in der ich lebe, widert mich an; die Werbung geht mir auf die Nerven; die Informatik finde ich zum Kotzen. Meine ganze Arbeit als Informatiker besteht darin, die Grundlagen, Vergleichsmöglichkeiten und Kriterien rationaler Entscheidung zu vervielfachen. Das hat überhaupt keinen Sinn. Offen gestanden, das ist sogar eher negativ; eine sinnlose Behinderung für die Neuronen. Dieser Welt mangelt es an allem, außer an zusätzlicher Information.

Schließlich die Ankunft in Paris, düster wie immer. Die leprösen Gebäude am Pont Cardinet, hinter deren Fassade man sich unweigerlich einen Haufen Rentner vorstellt, die an der Seite ihrer Katze Poucette dem Tod entgegendämmern, während das Tier die Hälfte ihrer Pension in Form von Brekkies verschlingt. Diese Metallformationen, die einander bis zur Obszönität überlagern und ein dichtes Kabelnetz bilden. Und die ständig wiederkehrende Werbung, unübersehbar, abstoßend buntscheckig. «Ein frohes, abwechslungsreiches Schauspiel an den Wänden.» Scheißgeschwätz.

Sieben

In meine Wohnung kehrte ich ohne rechte Begeisterung zurück. Die Post beschränkte sich auf eine Zahlungserinnerung für ein erotisches Telefongespräch (Natascha stöhnt live) und einen Brief der Firma Trois Suisses über einen neuen Telefonservice namens Chouchoutel, der die Essenbestellung vereinfacht. Als bevorzugter Kunde durfte ich bereits darauf zurückgreifen; das gesamte Informatiker-Team (Fotos in kleinen Ovalen) hatte unermüdlich gearbeitet, damit der Service zu Weihnachten zur Verfügung stünde; die kaufmännische Leiterin der Trois Suisses war glücklich, mir ab sofort und ganz persönlich einen Couchou-Code zuweisen zu dürfen.

Der Zähler meines Anrufbeantworters zeigte die Zahl 1, was mich ein wenig überraschte; wahrscheinlich falsch verbunden. Als Antwort auf meinen Tonbandvers hatte eine müde und verächtliche Frauenstimme «Armer Idiot …» aufs Band gesprochen, bevor sie aufgelegt hatte. Mit einem Wort, nichts hielt mich in Paris.

Jedenfalls hatte ich nicht übel Lust, in die Vendée zu fahren. Die Vendée rief mir zahlreiche Ferienerinnerungen ins Gedächtnis (eher schlechte, aber so ist das immer). Einige davon hatte ich unter dem Deckmantel einer Tiererzählung mit dem Titel «Gespräche zwischen einem Dackel und einem Pudel» nachgezeichnet; man könnte diese Ge-

schichte als Selbstporträt eines Heranwachsenden einstu-
fen. Im letzten Kapitel liest einer der beiden Hunde seinem
Kameraden ein Manuskript vor, das er im Schreibtisch seines jungen Herrn entdeckt hat:

«Letztes Jahr, um den 23. August, ging ich in Begleitung
meines Pudels am Strand von Sables-d'Olonne spazieren.
Während mein vierbeiniger Gefährte in vollen Zügen seine
Bewegungsfreiheit, die Meeresluft und die strahlende
Sonne (besonders kräftig und köstlich an diesem Spätvor-
mittag) genoss, konnte ich den Schraubstock des Denkens
nicht daran hindern, meine lichte Stirn einzuzwängen, und
so fiel mein Kopf, beschwert vom Gewicht einer allzu
schweren Bürde, traurig auf meine Brust.

In diesem Augenblick blieb ich vor einem jungen Mädchen stehen, das etwa vierzehn Jahre alt sein mochte. Sie
spielte mit ihrem Vater Federball oder irgendein anderes
Spiel, das man mit Schlägern und einem Flugkörper spielt.
Ihre Kleidung trug die Spuren ehrlichster Schlichtheit, da
sie im Badeanzug ging und überdies ihre Brüste nackt waren. Dennoch, und in diesem Stadium kann man sich vor so
viel Ausdauer nur verneigen, signalisierte ihr ganzes Verhalten die Entfaltung eines ununterbrochenen Verführungs-
versuchs. Die aufsteigende Bewegung ihrer Arme in dem
Moment, da sie den Ball verfehlte, besaß den zusätzlichen
Vorteil, jene beiden ockerfarbenen Kugeln vorzuschieben,
die eine bereits mehr als erwachende Brust bildeten, wurde
aber vor allem von einem zugleich vergnügten und ent-
täuschten Lächeln voll intensiver Lebensfreude begleitet,
das sie offensichtlich allen Jünglingen im Umkreis von fünfzig Metern widmete. Und dies, wie bemerkt werden muss,
inmitten einer Tätigkeit ausgesprochen sportlichen und
familiären Charakters.

Ihr frivoles Spiel blieb nicht ohne Wirkung, wie ich bald feststellen konnte; die Jungen wiegten waagrecht den Brustkorb, wenn sie in ihre Nähe kamen, und die rhythmischen Pausen in ihrem Gang wurden lang und länger. Eine lebhafte Kopfbewegung in Richtung der Jungen bewirkte eine zeitweise Zerzausung ihrer Haartracht, die nicht ohne schalkhafte Anmut war, und wurde von einem kurzen Lächeln für die interessanteren unter ihren Opfern begleitet, dem sogleich eine Geste widersprach, die nicht weniger reizend war, jedoch darauf abzielte, den Federball mit voller Wucht zu treffen.

So sah ich mich ein weiteres Mal auf ein Thema verwiesen, das meine Gedanken seit Jahren immer aufs Neue heimsucht: Warum verbringen Jungen und Mädchen, wenn sie einmal ein bestimmtes Alter erreicht haben, ihre Zeit damit, miteinander zu flirten und sich gegenseitig zu verführen?

Manch einer wird nun mit holder Stimme sagen: ‹Das ist das Erwachen des geschlechtlichen Begehrens, nicht mehr und nicht weniger, Punkt.› Ich verstehe diesen Standpunkt; auch ich habe ihn lange geteilt. Er kann sich rühmen, an seiner Seite sowohl die frostige Klarheit der Grundlinien des Denkens, die sich in unserem ideologischen Horizont kreuzen, als auch die robuste zentripetale Kraft des gesunden Menschenverstandes zu mobilisieren. Es könnte daher kühn, ja selbstmörderisch scheinen, frontal gegen diese unwandelbaren Fundamente anzugehen. Ich werde es nicht tun. Der Gedanke, die Existenz und die Macht des Geschlechtsbegehrens bei heranwachsenden Menschen leugnen zu wollen, liegt mir fern. Selbst die Schildkröten spüren es und wagen nicht, an diesen unruhigen Tagen ihren jungen Herrn zu belästigen. Dennoch ha-

ben mich bestimmte ernsthafte und übereinstimmende Indizien wie ein Kranz seltsamer Tatsachen nach und nach
dazu geführt, die Existenz einer tieferen und verborgene-
ren Macht zu vermuten, einen wahrhaft existentiellen
Knoten, von woher das Begehren durchsickert. Ich habe
bisher niemandem etwas davon mitgeteilt, um das Vertrauen in meine geistige Gesundheit, das mir die Menschen während der Zeit unserer Beziehungen gemeinhin
schenkten, nicht zu gefährden. Doch meine Überzeugung
ist nun gefestigt und es ist Zeit, alles zu sagen.

Erstes Beispiel. Betrachten wir eine Gruppe junger Leute,
die einen Abend oder eine Ferienwoche in Bulgarien miteinander verbringen. In dieser Gruppe ist ein Paar, das sich
schon vorher gebildet hatte; nennen wir den Jungen François und das Mädchen Françoise. So haben wir ein konkretes, banales, leicht zu beobachtendes Beispiel.

Überlassen wir diese jungen Leute ihren unterhaltsamen
Aktivitäten, aber entnehmen wir ihrem Leben zuvor eine
Reihe von zufälligen Zeitfragmenten, die wir mit Hilfe
einer versteckten Hochgeschwindigkeitskamera filmen.
Aus zahlreichen Messungen geht nun hervor, dass Fran-
çoise und François zirka 37 Prozent ihrer Zeit damit ver-
bringen, sich zu küssen, einander zu liebkosen und mit den
Zeichen der allergrößten Zärtlichkeit zu überhäufen.

Wiederholen wir nun das Experiment, indem wir die
eingangs erwähnte soziale Umgebung wegfallen lassen,
sodass Françoise und François allein sind. Der Prozentsatz
fällt sogleich auf 17.

Zweites Beispiel. Ich möchte Ihnen nun von einem armen
Mädchen namens Brigitte Bardot erzählen. Ja, wirklich. In

94

meine Abschlussklasse ging ein Mädchen, das Bardot hieß, weil auch ihr Vater so hieß. Ich habe Erkundigungen über ihn eingeholt: Er war Alteisenhändler in der Nähe von Trilport. Seine Frau arbeitete nicht; sie führte den Haushalt. Diese Leute gingen fast nie ins Kino, und ich bin sicher, dass sie es nicht absichtlich taten; vielleicht hat sie dieser Zufall in den ersten Jahren sogar zum Schmunzeln gebracht ... Schwer zu sagen.

Als ich sie in der Blüte ihrer siebzehn Jahre kennen lernte, war Brigitte Bardot von abstoßender Hässlichkeit. Zunächst einmal war sie dick, pummelig, um nicht zu sagen fett, mit verschiedenen Wülsten an den Scharnieren ihres plumpen Körpers. Aber selbst wenn sie sich mit unerbittlicher Strenge einer fünfundzwanzigjährigen Abmagerungskur unterzogen hätte, ihr Schicksal wäre dadurch nicht wesentlich milder geworden. Denn ihre Haut war gerötet, uneben und pickelig. Und ihr Gesicht war breit, platt und rund, mit kleinen, tief liegenden Augen und dünnem, glanzlosem Haar. Tatsächlich drängte sich jedermann auf unvermeidliche und natürliche Weise der Vergleich mit einem Mutterschwein auf.

Sie hatte keine Freundinnen und natürlich auch keine Freunde; sie war also vollkommen allein. Niemand sprach sie an, nicht einmal, wenn es um eine Physik-Aufgabe ging; alle zogen es vor, sich an jemand anderen zu wenden. Sie kam in die Klasse, dann ging sie wieder nach Hause; nie habe ich jemanden sagen hören, er hätte sie anderswo gesehen als in der Schule.

In der Klasse setzten sich bestimmte Schüler neben sie; sie hatten sich an ihre massige Anwesenheit gewöhnt. Sie sahen sie nicht, machten sich aber auch nicht über sie lustig. Brigitte Bardot beteiligte sich nicht an den Diskussionen in der Philosophie-Stunde; sie beteiligte sich an gar nichts. Auf dem Mars hätte sie kein stilleres Leben geführt.

Ich vermute, dass ihre Eltern sie liebten. Was konnte sie schon unternehmen, abends, wenn sie heimkam? Denn sicherlich hatte sie ein Zimmer, ein Bett und Teddys aus ihrer Kindheit. Wahrscheinlich sah sie mit ihren Eltern fern. Ein dunkles Zimmer und drei durch Photonenfluten zusammengeschweißte Wesen; etwas anderes sehe ich nicht.

Was die Sonntage betrifft, so kann ich mir bestens vorstellen, wie sie von den nächsten Verwandten mit gespielter Herzlichkeit empfangen wird. Und ihre Kusinen, hübsche Mädchen vermutlich. Niederschmetternd.

Hatte sie Phantasien, und wenn ja, welche? Romantische? Ich zögere vor dem Gedanken, sie hätte sich auf die eine oder andere Weise, und sei es auch nur im Traum, vorstellen können, dass ein junger Mann aus guter Familie, Student der Medizin, eines Tages den Plan fassen könnte, sie in seinem Cabriolet mitzunehmen, um die Abteien der normannischen Küste zu besuchen. Außer vielleicht, sie hätte sich eine Kutte übergezogen, wodurch das Abenteuer eine mysteriöse Wendung erfahren hätte.

Ihr Hormonhaushalt war in Ordnung; es gibt keinen Grund, das Gegenteil zu vermuten. Und weiter? Ist das schon Grund genug für erotische Phantasien? Gab es in ihrer Vorstellung Männerhände, die in den Falten ihres feisten Bauchs umhertasteten? Und womöglich bis zu ihrem Geschlecht vordrangen? Ich stelle diese Frage der medizinischen Wissenschaft, bekomme jedoch keine Antwort. Es gibt, in Zusammenhang mit Bardot, viele Dinge, die ich nicht zu klären vermochte; immerhin habe ich es versucht.

Ich bin nicht so weit gegangen, mit ihr zu schlafen. Ich habe einfach nur die ersten Schritte auf dem Weg unternommen, der normalerweise dahin führt. Genauer, ich habe Anfang November begonnen, mit ihr zu sprechen, ein paar Worte am Ende der Stunden, mehr nicht, zwei Wochen lang. Und dann habe ich ihr zwei- oder dreimal Fragen über irgendein Mathematikproblem gestellt; das alles ganz vorsichtig, um nicht aufzufallen. Mitte Dezember habe ich begonnen, ihre Hand zu berühren, auf scheinbar zufällige Weise. Sie reagierte jedes Mal wie bei einem Stromstoß. Es war ziemlich beeindruckend.

Den Höhepunkt unserer Beziehung erreichten wir kurz vor Weihnachten, als ich sie bis zu ihrem Zug begleitete (in Wirklichkeit ein Schienenbus). Da der Bahnhof mehr als achthundert Meter entfernt lag, war dies keine Kleinigkeit; ich wurde bei dieser Gelegenheit sogar bemerkt. Bei meinen Klassenkameraden galt ich im Allgemeinen mehr oder minder als krank, sodass der Vorfall meinem sozialen Image nur wenig Schaden zufügte.

An jenem Abend, mitten auf dem Bahnsteig, habe ich sie auf die Wange geküsst. Ich habe sie nicht auf den Mund geküsst. Im Übrigen glaube ich, dass sie es paradoxerweise nicht zugelassen hätte, denn selbst wenn ihre Lippen und ihre Zunge nie und nimmer die Erfahrung der Berührung einer männlichen Zunge gemacht hatten, so hatte sie doch einen sehr genauen Begriff von den zeitlichen und örtlichen Bedingungen, unter denen eine solche Operation im archetypischen Verlauf eines Teenager- Flirts stattzufinden hat. Ich würde sagen, die Vorstellung davon war umso genauer, als sie niemals Gelegenheit hatte, vom flüssigen Dunst des gelebten Augenblicks berichtigt und abgemildert zu werden.

Unmittelbar nach den Weihnachtsferien habe ich aufgehört, mit ihr zu sprechen. Der Typ, der mich in der Nähe des Bahnhofs gesehen hatte, schien den Vorfall vergessen zu haben, aber ich hatte dennoch große Angst. Mit Bardot auszugehen hätte jedenfalls eine viel größere moralische Kraft vorausgesetzt als die, mit der ich mich – selbst zu damaligen Zeiten – brüsten konnte. Denn Bardot war nicht nur hässlich, sondern auch eindeutig boshaft. Voll getroffen von der sexuellen Befreiung (es war Anfang der achtziger Jahre, AIDS existierte noch nicht), konnte sie sich natürlich auf keinerlei Jungfräulichkeitsethik berufen. Außerdem war sie viel zu intelligent und zu klar im Kopf, um ihren Zustand durch einen ‹jüdisch-christlichen Einfluss› zu erklären – ihre Eltern waren jedenfalls Agnostiker. Jede Ausflucht war ihr also untersagt. Sie konnte nur in stillem Hass die Befreiung der anderen mit verfolgen; mit ansehen, wie sich die Jungen wie Krabben um die Körper der anderen drängten; spüren, wie Beziehungen geknüpft, Erfahrungen gemacht, Orgasmen entfaltet werden; in allen Punkten einer stillen Selbstzerstörung neben der demonstrativen Lust der anderen frönen. So musste ihre Adoleszenz verlaufen und so verlief sie: Eifersucht und Frustration gärten langsam und verwandelten sich in periodisch schwellende Hassanfälle.

Im Grunde genommen bin ich gar nicht besonders stolz auf diese Geschichte. Das alles war viel zu burlesk, um ganz ohne Grausamkeit abzugehen. Ich sehe mich zum Beispiel, wie ich sie eines Morgens mit folgenden Worten begrüße: ‹Oh, du hast ein neues Kleid, Brigitte …› Das war ziemlich abscheulich von mir, auch wenn ich die Wahrheit sagte; denn die Tatsache ist verblüffend – und dennoch real: Sie wechselte ihre Kleider. Ich erinnere mich sogar, wie sie einmal ein Band im Haar trug: O Gott, man hätte sie für einen Kalbskopf mit Petersilie halten können.

98

Ich bitte sie im Namen der ganzen Menschheit um Vergebung.

Das Liebesbedürfnis ist tief beim Menschen, es senkt seine Wurzeln in ganz erstaunliche Tiefen, und die tausend kleinen Verästelungen dringen bis in den Stoff des Herzens. Trotz der Lawine von Erniedrigungen, die gewöhnlich ihr Leben bestimmte, hoffte und wartete Brigitte Bardot. Zum gegenwärtigen Zeitpunkt hofft und wartet sie wahrscheinlich noch immer. Eine Viper hätte sich an ihrer Stelle bereits umgebracht. Die Menschen trauen sich zu viel zu.

Nach diesem langsamen, kühlen Blick auf die Skala der verschiedenen Appendizes der Sexualfunktion scheint mir nun der Augenblick gekommen zu sein, das zentrale Theorem meiner Apokritik vorzutragen. Es sei denn, Sie stoppen den unerbittlichen Gang meiner Überlegungen durch einen Einwand, den ich Sie großzügigerweise formulieren lasse: ‹Sie wählen alle ihre Beispiele im Bereich der Adoleszenz, die gewiss ein wichtiger Lebensabschnitt ist, aber alles in allem doch nur ein kleines Stück des Ganzen ausmacht. Fürchten Sie nicht, dass sich Ihre Schlussfolgerungen, deren Feinheit und logische Strenge wir bewundern, am Ende als partiell und beschränkt erweisen könnten?› Diesem freundlichen Opponenten erwidere ich, dass die Adoleszenz nicht nur ein wichtiger Lebensabschnitt ist, sondern der einzige Abschnitt, in dem man im vollen Sinn dieses Wortes von Leben sprechen kann. Die Triebanziehungskräfte entfesseln sich um das dreizehnte Lebensjahr, danach werden sie zunehmend schwächer oder lösen sich in Verhaltensmodelle auf, die alles in allem nichts weiter als erstarrte Kräfte sind. Die Gewalt der ursprünglichen

Entfesselung bewirkt, dass der Ausgang des Konflikts mehrere Jahre lang ungewiss bleiben kann; man nennt dies in der Elektrodynamik einen ‹Übergangszustand›. Das Oszillieren wird jedoch nach und nach langsamer, bis es sich in lange melancholische und sanfte Wellen auflöst; von diesem Moment an ist alles gesagt, und das Leben ist nur noch eine Vorbereitung auf den Tod. Brutaler und weniger exakt ausgedrückt kann man sagen, dass der Mensch ein verminderter Heranwachsender ist.

Nach diesem langsamen, kühlen Blick auf die Skala der verschiedenen Appendizes der Sexualfunktion scheint mir nun der Augenblick gekommen zu sein, das zentrale Theorem meiner Apokritik vorzutragen. Zu diesem Zweck werde ich den Hebel einer kondensierten, aber hinreichenden Formulierung benutzen:

‹Die Sexualität ist ein System sozialer Hierarchie.›

In diesem Stadium werde ich mehr denn je meine Formulierung mit der nüchternen Hülle gedanklicher Strenge umgeben müssen. Der ideologische Feind kauert oft in der Nähe des Ziels, und mit einem langen, hasserfüllten Schrei wirft er sich vor der letzten Kurve auf den unvorsichtigen Denker, der, trunken von den ersten Strahlen der Wahrheit auf seiner blutleeren Stirn, dummerweise sein Hinterland abzusichern vergessen hat. Ich werde diesen Fehler nicht wiederholen und, darauf vertrauend, dass sich die Armleuchter des Staunens in euren Gehirnen von selbst entzünden, die Ringe meines Denkens weiterhin mit der stillen Mäßigung der Klapperschlange abrollen. So werde ich den Einwand vorsätzlich ignorieren, den mir jeder aufmerksame Leser unweigerlich vorhalten müsste: Im zwei-

ten Beispiel habe ich heimlich den Begriff der Liebe einge-
führt, während sich meine Argumentation bis dahin auf
die reine Sexualität gestützt hatte. Widerspruch? Inkohä-
renz? Ha ha ha!

Marthe und Martin sind seit dreiundvierzig Jahren verheiratet. Da sie mit einundzwanzig geheiratet haben, sind sie
nun bei vierundsechzig angelangt. Sie sind pensioniert
oder werden es bald sein, je nach den gesellschaftlichen
Rahmenbedingungen, die in ihrem Fall gelten. Sie werden,
wie man so sagt, ihren Lebensabend miteinander verbringen. Unter solchen Umständen entsteht mit einiger Sicherheit eine Paar-Einheit, die unabhängig von jedem sozialen
Kontakt funktioniert und der es selbst auf sekundären Ebenen gelingt, die Bedeutung eines alten einzelgängerischen
Gorillas zu erlangen oder gar zu übertreffen. Nur in diesem
Rahmen lässt sich meiner Meinung nach die Möglichkeit,
dem Wort ‹Liebe› einen Sinn zu geben, neu in Erwägung
ziehen.

Nachdem ich mein Denken mit den Pfählen der Ein-
schränkung gespickt habe, kann ich nun hinzufügen, dass
der Begriff der Liebe trotz seiner ontologischen Zerbrech-
lichkeit alle Eigenschaften einer wunderbaren operativen
Kraft enthält oder bis vor kurzem enthielt. In Eile ge-
schmiedet, hat er auf der Stelle großen Anklang gefunden,
und bis zum heutigen Tag gibt es nur wenige, die deutlich
und entschieden darauf verzichten zu lieben. Dieser
durchschlagende Erfolg sollte eigentlich eine rätselhafte
Übereinstimmung mit wer weiß welchem grundlegenden
Bedürfnis der menschlichen Natur beweisen. Ich werde
mich dennoch hüten, und genau dieser Punkt trennt den
wachsamen Analytiker vom Abwickler von Nichtigkeiten,

auch nur die knappste Hypothese über die Natur des erwähnten Bedürfnisses zu formulieren. Wie dem auch sei, die Liebe existiert, da man ihre Wirkungen beobachten kann. Dieser Satz ist eines Claude Bernard würdig; es liegt mir daran, ihn ihm zu widmen. O unanfechtbarer Gelehrter! Es ist kein Zufall, dass die Beobachtungen, die dem Gegenstand, den du dir ursprünglich vorsetztest, scheinbar so fern liegen, sich eine nach der anderen wie dicke Wachteln unter die strahlende Majestät deiner schützenden Aureole fügen. Zweifellos geht eine große Kraft aus von jenem Versuchsprotokoll, das du mit seltener Geistesschärfe im Jahre 1865 definiertest, damit es den extravagantesten Tatsachen erst dann gelänge, die finstere Pforte der Wissenschaftlichkeit zu durchschreiten, wenn sie sich der Strenge deiner unbeugsamen Gesetze unterworfen haben. Ich grüße dich, unvergesslicher Physiologe, und ich erkläre mit lauter Stimme, dass ich nichts unternehmen werde, was die Dauer deines Reichs auch nur um ein weniges verkürzen könnte.

Mit dem rechten Maß die Säulen einer über jeden Zweifel erhabenen Axiomatik aufstellend, weise ich drittens darauf hin, dass die Vagina, im Gegensatz zu dem, was ihr äußerer Anschein vermuten lässt, viel mehr ist als ein Loch in einem Fleischblock. (Ich weiß genau, dass die Fleischerjungen mit Schnitzeln masturbieren … Mögen sie weitermachen! Die Entfaltung meines Gedankens kann das nicht aufhalten.) In Wirklichkeit dient die Vagina – oder diente bis vor kurzem – zur Reproduktion der Spezies. Ja, der Spezies.

Gewisse Literaten hielten es in der Vergangenheit für gut, zur Erörterung der Vagina und ihrer Dependancen einen töricht verblüfften Gesichtsausdruck zur Schau zu stellen. Andere hingegen, den Saprophyten vergleichbar, haben sich in Niedertracht und Zynismus gesuhlt. Ich aber werde wie ein erfahrener Lotse in gleicher Entfernung zwischen diesen beiden symmetrischen Klippen hindurchgleiten, besser noch, ich werde mich auf die Bahn ihres Mittellots stützen, um mir ein breites Einfallstor in die idyllischen Gefilde der exakten Reflexion zu eröffnen. Die drei edlen Wahrheiten, die eure Blicke erleuchten, müssen daher als Erzeugungsdreifalt einer Weisheitspyramide betrachtet werden, die, neuartiges Wunder, mit leichtem Flügelschlag die zerronnenen Ozeane des Zweifels überfliegt. Es genügt, ihre Bedeutung zu unterstreichen. Dennoch muss hinzugefügt werden, dass sie zum gegenwärtigen Zeitpunkt infolge ihrer Dimension und ihres schroffen Charakters eher an drei mitten in der Wüste errichtete Säulen aus Granit (wie man sie etwa in der Ebene von Theben finden kann) erinnern. Es wäre eine grobe Unfreundlichkeit und dem Geist dieser Abhandlung wenig konform, würde ich meinen Leser vor ihrer widerlichen Vertikalität allein lassen. Aus diesem Grunde werden sich um diese ersten Axiome herum die fröhlichen Spiralen verschiedener Zusatzbemerkungen schlingen, die ich im Folgenden auszuführen gedenke ...»

Natürlich blieb das Werk unvollendet. Im Übrigen schlief der Dackel vor dem Ende der Rede des Pudels ein. Aber bestimmte Indizien sollten die Vermutung erlauben, dass er im Besitz der Wahrheit war und dass diese in wenigen nüchternen Sätzen ausgedrückt werden konnte. Schließlich war ich jung, ich wollte Spaß haben. Das alles war noch vor Véronique: eine gute Zeit. Ich erinnere mich, dass mir im Alter von siebzehn Jahren, als ich widersprüchliche und wirre Ansichten über die Welt von mir gab, eine etwa fünfzigjährige Frau, die ich in einem Speisewagen traf, gesagt hatte: «Sie werden sehen, mit zunehmendem Alter vereinfachen sich die Dinge.» Wie Recht sie hatte!

Acht
Rückkehr zu den Kühen

Um fünf Uhr zweiundfünfzig fuhr der Zug bei durchdringender Kälte in La Roche-sur-Yon ein. Die Stadt war still und friedlich; vollkommen friedlich. «Nun denn», sagte ich mir, «Gelegenheit zu einem kleinen Spaziergang auf dem Land ...»

Ich schlenderte durch die menschenleeren – oder beinahe menschenleeren – Straßen einer Gegend mit Einfamilienhäusern. Anfangs versuchte ich, die Eigenschaften dieser Häuschen zu vergleichen, aber das fiel mir schwer, denn es war noch nicht hell. Ich bin bald wieder davon abgekommen.

Trotz der frühen Stunde waren einige Einwohner schon auf den Beinen; sie schauten von ihren Garagen zu mir herüber. Sie sahen so aus, als fragten sie sich, was ich hier mache. Hätten sie mich gefragt, ich hätte Mühe gehabt, ihnen zu antworten. Tatsächlich gab es nichts, was meine Anwesenheit hier rechtfertigte; hier nicht – aber im Grunde genommen auch nirgendwo sonst.

Dann erreichte ich das Land im eigentlichen Sinn des Wortes. Es gab Holzzäune und hinter den Zäunen Kühe. Ein bläuliches Licht kündigte den Morgen an.

Ich schaute die Kühe an. Die meisten schliefen nicht, sie hatten bereits zu grasen begonnen. Ich sagte mir, dass sie ganz Recht hätten; ihnen musste kalt sein, da war ein bisschen Bewegung nötig. Ich betrachtete sie mit Wohlwollen, ohne die leiseste Absicht, ihren Morgenfrieden zu stören. Einige kamen bis an den Zaun zu mir her, ohne zu muhen, und schauten mich an. Auch sie ließen mich in Frieden. Das war gut.

Später bin ich zur hiesigen Landwirtschaftsdirektion gegangen. Tisserand war schon da; er drückte mir überraschend herzlich die Hand.

Der Direktor erwartete uns in seinem Büro. Er zeigte sich sofort als eher sympathischer Typ; allem Anschein nach eine gutmütige Seele. Andererseits war er völlig unzugänglich für die technologische Botschaft, die wir ihm überbringen sollten. Mit der Informatik, sagt er uns ins Gesicht, habe er nichts am Hut. Er habe keine Lust, seine Arbeitsgewohnheiten zu ändern, nur um sich einen modernen Anstrich zu geben. Die Dinge funktionierten sehr gut, wie sie waren, und sie würden weiterhin gut funktionieren, zumindest solange er da sei. Mit unserem Besuch sei er nur einverstanden gewesen, um keine Schwierigkeiten mit dem Ministerium zu bekommen, aber sobald wir uns wieder auf die Socken machten, werde er das Programm in einem Schrank verstauen und es nie wieder anrühren.

Unter diesen Bedingungen war der Lehrgang offenkundig ein freundlicher Scherz, eine Diskussionsveranstaltung, um die Zeit herumzukriegen. Mich störte das nicht im Geringsten.

Während der nächsten Tage fällt mir auf, dass Tisserand auszurasten beginnt. Nach Weihnachten will er zum Skifahren in einen Jugendklub; nach dem Motto «alte Knacker müssen draußen bleiben», mit Tanzabenden und spätem Frühstück; kurz, die Sorte Urlaub, wo es ums Vögeln geht.

Er erzählt mir allerdings ohne Begeisterung von seinem Vorhaben; ich spüre, dass er nicht mehr richtig daran glaubt. Von Zeit zu Zeit beginnt der auf mich gerichtete Blick hinter seiner Brille zu verschwimmen. Er wirkt wie verhext. Ich kenne das; mir ist dasselbe vor zwei Jahren passiert, nach der Trennung von Véronique. Man hat das Gefühl, man könnte sich auf der Erde wälzen, sich die Adern mit einer Rasierklinge aufschneiden oder in der Métro masturbieren, und niemand würde einen beachten; niemand würde auch nur einen Finger rühren. Als ob man von der Welt durch einen transparenten, unverletzbaren, perfekten Film getrennt wäre. Übrigens hat es mir Tisserand neulich selbst gesagt (er hatte getrunken): «Ich habe das Gefühl, eine Hühnerkeule unter Zellophan in einem Supermarktregal zu sein.» Und dann sagte er: «Ich habe das Gefühl, ein Frosch in einer Glasglocke zu sein; ich schaue doch aus wie ein Frosch oder nicht?» Ich antwortete sanft und ein wenig vorwurfsvoll: «Raphaël ...» Er schrak zusammen; es war das erste Mal, dass ich ihn bei seinem Vornamen nannte. Er wurde verlegen und sagte nichts mehr.

Am nächsten Tag betrachtete er lange seine Tasse Nesquik. Und dann, in fast träumerischem Ton, seufzte er: «Verflucht, ich bin achtundzwanzig und immer noch Jungfrau!» Das hat mich dann doch einigermaßen überrascht; er erklärte mir, dass ihn ein Rest von Stolz immer daran gehindert habe, zu den Huren zu gehen. Ich machte ihm deshalb Vorwürfe; vielleicht war ich dabei ein wenig zu lebhaft, denn am Abend, kurz vor seiner Abfahrt ins Pariser Wochenende, erklärte er mir seinen Standpunkt von neuem. Wir standen auf dem Parkplatz der Landwirtschaftsdirektion; die Straßenlaternen verbreiteten einen unangenehmen gelblichen Lichthof; die Luft war feucht und kalt. Er sagte: «Weißt du, ich habe das Ganze durchgerechnet. Ich habe genug Geld, um mir einmal pro Woche eine Hure zu leisten; am Samstagabend, das wäre gut. Vielleicht werde ich es doch noch tun. Aber ich weiß auch, dass bestimmte Männer dasselbe gratis haben können, und mit einer Portion Liebe obendrein. Ich möchte es lieber noch versuchen; eine Weile möchte ich es noch versuchen.»

Ich konnte ihm natürlich nichts antworten, aber ich bin ziemlich nachdenklich in mein Hotel zurückgegangen. Der Sex, sagte ich mir, stellt in unserer Gesellschaft eindeutig ein zweites Differenzierungssystem dar, das vom Geld völlig unabhängig ist; und es funktioniert auf mindestens ebenso erbarmungslose Weise. Auch die Wirkungen dieser beiden Systeme sind genau gleichartig. Wie der Wirtschaftsliberalismus – und aus analogen Gründen – erzeugt der sexuelle Liberalismus Phänomene absoluter Pauperisierung. Manche haben täglich Geschlechtsverkehr; andere fünf- oder sechsmal in ihrem Leben oder überhaupt nie. Manche treiben es mit hundert Frauen, andere mit keiner. Das nennt man das «Marktgesetz». In einem Wirtschaftssystem, in dem Entlassungen verboten sind, findet ein jeder recht oder schlecht seinen Platz. In einem sexuellen System, in dem Ehebruch verboten ist, findet jeder recht oder schlecht seinen Bettgenossen. In einem völlig liberalen Wirtschaftssystem häufen einige wenige beträchtliche Reichtümer an; andere verkommen in der Arbeitslosigkeit und im Elend. In einem völlig liberalen Sexualsystem haben einige ein abwechslungsreiches und erregendes Sexualleben; andere sind auf Masturbation und Einsamkeit beschränkt. Der Wirtschaftsliberalismus ist die erweiterte Kampfzone, das heißt, er gilt für alle Altersstufen und

Gesellschaftsklassen. Ebenso bedeutet der sexuelle Liberalismus die Ausweitung der Kampfzone, ihre Ausdehnung auf alle Altersstufen und Gesellschaftsklassen. In wirtschaftlicher Hinsicht gehört Raphaël Tisserand zum Lager der Sieger; in sexueller Hinsicht zu den Verlierern. Manche gewinnen auf beiden Ebenen; andere verlieren auf beiden. Die Unternehmen kämpfen um einige wenige Jungakademiker; die Frauen kämpfen um einige wenige junge Männer; die Männer kämpfen um einige wenige Frauen. Das Maß an Verwirrung und Aufregung ist beträchtlich.

Etwas später verließ ich mein Hotel in der festen Absicht, mich zu besaufen. Gegenüber dem Bahnhof fand ich ein Café, das geöffnet hatte. Ein paar Jugendliche standen um den Flipper herum; das war auch schon alles. Nach dem dritten Cognac begann ich wieder einmal, an Gérard Leverrier zu denken.

Gérard Leverrier war Verwaltungsdirektor in der Nationalversammlung, in der gleichen Abteilung wie Véronique (die dort als Sekretärin arbeitete). Gérard Leverrier war sechsundzwanzig Jahre alt und verdiente dreißigtausend Francs im Monat. Dennoch war Gérard Leverrier schüchtern und depressiv. An einem Freitagabend im Dezember ging Gérard Leverrier nach Hause (er musste am Montag nicht zurück sein; er hatte, was nicht unbedingt seinem Wunsch entsprach, zwei Wochen Urlaub «wegen der Feiertage») und schoss sich eine Kugel in den Kopf.

Die Nachricht von seinem Tod kam für niemanden in der Nationalversammlung wirklich überraschend. Er war dort vor allem wegen der Schwierigkeiten bekannt, die er hatte, sich ein Bett zu kaufen. Schon vor Monaten hatte er den Kauf beschlossen; doch die Verwirklichung dieser Absicht erwies sich als unmöglich. Die Anekdote wurde gewöhnlich mit einem leisen ironischen Lächeln erzählt. Obwohl es da nichts zu lachen gibt; der Kauf eines Betts stellt einen heutzutage tatsächlich vor große Schwierigkeiten, die in manchen Fällen bis zum Selbstmord führen können. Zunächst muss man sich um die Auslieferung kümmern, das heißt in der Regel, einen halben Tag Urlaub nehmen, mit all den Problemen, die das mit sich bringt. Manchmal kommen die Auslieferer nicht, oder es gelingt ihnen nicht, das Bett durch das Treppenhaus zu befördern, und man kann noch einmal um einen halben Tag Urlaub bitten. Diese Schwierigkeiten wiederholen sich bei sämtlichen Möbelstücken und Haushaltsgeräten und die Anhäufung von Ärger, die dadurch entsteht, kann bereits genügen, um ein sensibles Wesen ernsthaft zu erschüttern. Aber im Vergleich zu anderen Möbelstücken wirft das Bett ein spezielles, besonders schmerzhaftes Problem auf. Will man sich die Achtung des Verkäufers bewahren, ist man gezwungen, ein Doppelbett zu kaufen, ganz gleich, ob man dafür Verwendung hat oder nicht, ob man dafür Platz hat oder nicht. Ein Einzelbett kaufen heißt öffentlich zugeben, dass man kein Sexualleben hat und dass man weder in naher noch in ferner Zukunft die Absicht hat, ein solches zu erlangen (denn Betten haben heutzutage eine Lebensdauer, die die Zeit der Garantie bei weitem überschreitet; sie beträgt fünf oder zehn, wenn nicht gar zwanzig Jahre; es handelt sich also um eine ernsthafte Investition, deren Folgen man während der verbleibenden Lebenszeit zu spüren bekommt; ein Bett hält im Durchschnitt wesentlich länger als eine Ehe, das ist bekannt). Sogar der Kauf eines Betts von 140 Zentimetern Breite lässt einen als knauseriger Kleinbürger erscheinen; in den Augen der Verkäufer ist das

160-Zentimeter-Bett das einzige, das wirklich gekauft zu werden verdient; da hat man einen Anspruch auf ihre Wertschätzung, auf ihre Achtung, vielleicht sogar auf ein kleines Komplizenlächeln; jedoch, wie gesagt, nur beim Kauf eines 160-Zentimeter-Betts.

Am Abend des Todes von Gérard Leverrier rief ihn sein Vater im Büro an; da er gerade nicht da war, nahm Véronique das Gespräch an. Die Nachricht lautete schlicht und einfach, er solle dringend seinen Vater anrufen; Véronique vergaß, es ihm auszurichten. Gérard Leverrier kam also um sechs Uhr nach Hause, ohne die Nachricht entgegengenommen zu haben, und schoss sich eine Kugel in den Kopf. Véronique erzählte mir das am Abend des Tages, an dem sie in der Nationalversammlung von seinem Tod erfahren hatten. Sie fügte hinzu, dass ihr die Sache «ein bisschen an die Nieren ginge»; das waren die Worte, die sie gebrauchte. Ich hatte gedacht, sie würde etwas wie Schuldgefühl oder Gewissensbisse empfinden. Überhaupt nicht: Am nächsten Tag hatte sie schon alles vergessen.

Véronique war «in Analyse», wie man sagt; heute bedaure ich es, ihr begegnet zu sein. Allgemeiner gesprochen, man darf sich von Frauen, die in Analyse sind, nichts erwarten. Eine Frau, die den Psychoanalytikern in die Hände gefallen ist, wird für jede Verwendung unbrauchbar, das habe ich oft festgestellt. Dieses Phänomen sollte man nicht als Nebenwirkung der Psychoanalyse betrachten, sondern durchaus als ihr wesentliches Ziel. Unter dem Deckmantel der Ich-Stärkung betreiben die Analytiker in Wirklichkeit eine skandalöse Zerstörung des menschlichen Wesens. Unschuld, Großzügigkeit, Reinheit ... das alles wird zwischen ihren groben Händen bald zerrieben. Die überbezahlten, eitlen und dummen Psychoanalytiker vernichten bei ihren so genannten Patienten ein für alle Mal jede geistige und körperliche Liebesfähigkeit; sie verhalten sich in der Tat wie die leibhaftigen Feinde der Menschheit. Diese gnadenlose Schule des Egoismus macht sich mit dem größten Zynismus an nette, ein wenig verwirrte Mädchen heran, um sie in niederträchtige Flittchen zu verwandeln, die nichts anderes mehr zu erregen vermögen als berechtigten Abscheu. Einer Frau, die einem Psychoanalytiker in die Hände geraten ist, sollte man nicht das geringste Vertrauen schenken. Engherzigkeit, Egoismus, arrogante Dummheit, keinerlei moralisches Empfinden, chronische Liebesunfähigkeit: So sieht es aus, das erschöpfende Porträt einer «analysierten» Frau.

Véronique entsprach, wie ich hinzufügen muss, Punkt für Punkt dieser Beschreibung. Ich habe sie geliebt, so weit es in meiner Macht stand – und wozu ein großes Maß an Liebe erforderlich ist. Diese Liebe war reine Verschwendung, wie ich inzwischen weiß; es wäre besser gewesen, ich hätte ihr beide Arme gebrochen. Zweifellos hatte sie wie alle Depressiven seit jeher Anlagen zu Egoismus und Hartherzigkeit; aber ihre Analyse hat sie für alle Zeiten in ein richtiges Miststück ohne inneren Halt und Gewissen verwandelt – ein Abfallprodukt, eingewickelt in eisiges Papier. Ich erinnere mich, dass sie eine Art schwarzes Brett hatte, auf das sie sonst Dinge wie «Erbsen» oder «Wäscherei» schrieb. Eines Abends, als sie von ihrer Sitzung heimkam, hatte sie diesen Satz von Lacan hingeschrieben: «Je niederträchtiger ihr seid, desto besser geht es.» Ich hatte gelächelt; wohl zu Unrecht. Der Satz war in diesem Stadium nur ein Programm; doch sie sollte ihn Punkt für Punkt in die Praxis umsetzen.

Eines Abends, als Véronique nicht da war, schluckte ich ein Fläschchen Largactyl. Dann bekam ich es mit der Angst zu tun, und ich rief die Feuerwehr an. Ich musste schnellstens ins Krankenhaus gebracht werden, mir den Magen auspumpen lassen usw. Kurz, ich wäre fast hinüber gewesen. Diese Schlampe (wie soll ich sie sonst nennen?) hat mich nicht einmal im Krankenhaus besucht. Bei meiner Rückkehr «nach Hause», wenn man so sagen kann, hieß sie mich mit Vorwürfen willkommen, ich sei ein Egoist und außerdem ein Waschlappen; ihre Interpretation des Ereignisses lief darauf hinaus, dass ich alles täte, um ihr zusätzliche Sorgen zu machen, wo sie doch schon genug zu tun habe mit ihren Schwierigkeiten bei der Arbeit. Das niederträchtige Luder behauptete sogar noch, ich würde versuchen, sie «emotional zu erpressen». Wenn ich daran denke, bedaure ich, dass ich ihr nicht die Eierstöcke aufgeschlitzt habe. Na ja, Schnee von gestern.

Ich habe auch noch den Abend in Erinnerung, als sie die Bullen anrief, um mich aus ihrer Wohnung zu werfen. Warum «ihre» Wohnung? Weil sie auf ihren Namen lief und weil sie die Miete öfter bezahlte als ich. Erste Wirkung der Psychoanalyse auf die Analysierten: Sie entwickelt bei ihren Opfern einen lächerlichen Geiz, eine geradezu unglaubliche Knauserigkeit. Sinnlos, mit jemandem, der eine Analyse macht, ins Café zu gehen: Er wird unweigerlich Posten für Posten die Rechnung durchgehen und mit dem Kellner Streit anfangen. Kurz und gut, diese drei Bullenarschlöcher kamen mit ihren Walkie-Talkies und taten, als wüssten sie besser Bescheid über das Leben als irgendwer sonst. Ich war im Pyjama und zitterte vor Kälte; unter dem Tischtuch umklammerten meine Hände die Tischbeine; ich war entschlossen, sie zu zwingen, mich mit Gewalt fortzuschaffen. Die ganze Zeit über zeigte ihnen die Schlampe Zahlungsbelege, um ihren Anspruch auf die Wohnung zu beweisen; wahrscheinlich erwartete sie, dass die Bullen zu ihren Knüppeln griffen. Am selben Abend hatte sie eine «Sitzung» gehabt; alle ihre Reserven an Gemeinheit und Egoismus waren mobilisiert; aber ich gab nicht nach, verlangte eine zusätzliche Prüfung, und diese dämlichen Polizisten mussten das Feld räumen. Im Übrigen bin ich am nächsten Tag ohnehin ausgezogen.

Neun
Bukanien

> «*Plötzlich war es mir gleichgül-
> tig, ob ich modern war oder
> nicht.*»
>
> Roland Barthes

Am Samstag finde ich frühmorgens ein Taxi auf dem Bahnhofsplatz, das mich nach Les Sables-d'Olonne bringt.

Am Stadtrand durchqueren wir nacheinander mehrere Nebelbänke und tauchen dann, nachdem wir die letzte Kreuzung hinter uns gelassen haben, in eine dichte graue Suppe. Man sieht nichts, außer ab und zu einen Baum oder eine Kuh, die zeitweilig und unentschlossen hervortauchen. Das ist sehr schön.

Als wir am Meer sind, löst sich der Nebel mit einem Schlag auf. Es weht ein Wind, ein starker Wind, aber der Himmel ist beinahe blau; Wolken ziehen rasch nach Osten. Ich quäle mich aus dem Peugeot 504, nachdem ich dem Fahrer ein Trinkgeld gegeben habe, was mir ein «schönen Tag noch» einträgt, nicht ohne Widerwillen hervorgestoßen. Sicher stellt er sich vor, dass ich Krebse fangen werde, etwas in dieser Art.

Anfangs spaziere ich tatsächlich den Strand entlang. Das Meer ist grau und unruhig. Ich empfinde nichts Besonderes. Ich gehe lange vor mich hin.

Gegen elf Uhr kommen die ersten Leute mit Kindern und Hunden. Ich schlage die entgegengesetzte Richtung ein.

Am Ende des Strands von Les Sables-d'Olonne, in der Verlängerung der Mole, die den Hafen schließt, stehen ein paar alte Häuser und eine romanische Kirche. Nichts wirklich Spektakuläres: Gebäude aus robustem, unbehauenem Stein, die den Zweck haben, den Stürmen zu widerstehen, was sie seit Jahrhunderten tun. Man kann sich sehr gut vorstellen, wie die Fischer von Les Sables-d'Olonne früher lebten, die Sonntagsmessen in der kleinen Kirche, die Kommunion der Gläubigen, während der Wind draußen bläst und der Ozean sich an der Steilküste bricht. Ein Leben ohne Zerstreuungen, ohne Geschichten, beherrscht von einer schwierigen, gefährlichen Arbeit. Ein einfaches ländliches Leben in Würde. Ein ziemlich stumpfsinniges Leben, das auch.

Wenige Schritte von diesen Häusern entfernt liegen zwei moderne Wohnanlagen, ganz in Weiß, für Feriengäste bestimmt, die Gebäude zwischen zehn und zwanzig Stockwerke hoch. Diese Hochhäuser stehen auf terrassenförmig angelegten Flächen, von denen die untere als Parkplatz dient. Ich bin lange von einem Hochhaus zum anderen spaziert, sodass ich in der Lage bin zu vermuten, dass die meisten Wohnungen dank verschiedener architektonischer Kniffe über einen Meerblick verfügen. Um diese Jahreszeit war alles menschenleer, und das Pfeifen des Windes, der sich zwischen die Betonblöcke stürzte, hatte etwas entschieden Unheimliches.

Dann bin ich zu einer Wohnanlage gegangen, die neuer und luxuriöser war und unmittelbar am Meer lag, tatsächlich nur wenige Meter entfernt. Sie trug den Namen «Bukanien». Das Erdgeschoss wurde von einem Supermarkt, einer Pizzeria und einer Diskothek gebildet; alle drei geschlossen. Ein Schild lud zum Besuch der Musterwohnung ein.

Diesmal breitete sich langsam ein unangenehmes Gefühl in mir aus. Die Vorstellung von einer Familie, die in ihre bukanische Wohnung heimkehrt, bevor sie ihr Schnitzel mit Piratensoße futtern geht und die jüngste Tochter sich in einer Kneipe mit dem findigen Namen «Zum alten Kaphorner» vögeln lässt, begann mich zu verfolgen; ich konnte nichts dagegen tun.

Wenig später bekam ich Hunger. Vor der Auslage eines Waffelbäckers habe ich mich mit einem Zahnarzt angefreundet. Angefreundet ist zu viel gesagt; sagen wir lieber, wir haben ein paar Worte gewechselt, während wir auf die Rückkehr des Verkäufers warteten. Ich weiß nicht, warum er es für angebracht hielt, mir mitzuteilen, dass er Zahnarzt sei. Im Allgemeinen verabscheue ich Zahnärzte; ich halte sie für durch und durch bestechliche Kreaturen, deren einziges Ziel im Leben darin besteht, so viele Zähne wie möglich zu ziehen, um sich Mercedesse mit aufklappbarem Dach zu kaufen. Und dieser hier schien keine Ausnahme von der Regel zu sein.

Es war ein wenig absurd, dass ich es wieder einmal für nötig hielt, meine Anwesenheit zu rechtfertigen, und ich erzählte ihm eine ganze Geschichte, derzufolge ich die Absicht hatte, eine Wohnung in Bukanien zu kaufen. Das weckte augenblicklich sein Interesse, und mit der Waffel in der Hand wog er lange das Für und Wider ab, bevor er schloss, dass ihm die Investition «akzeptabel» erscheine. Das hätte ich mir gleich denken können.

117

Zehn
Zwischenlandung

> «*Ja, wenn man Werte
> hätte ...*»

Zurück in La Roche-sur-Yon, kaufte ich ein Filetmesser im
Supermarkt; ich begann, die Umrisse eines Plans zu sehen.

Der Sonntag war inexistent; der Montag ausgesprochen
trübselig. Ich spürte, ohne ihn danach fragen zu müssen,
dass Tisserand ein scheußliches Wochenende verbracht
hatte; das überraschte mich nicht im Geringsten. Es war
bereits der 22. Dezember.

Am Abend des nächsten Tages gingen wir zum Essen in
eine Pizzeria. Der Kellner sah tatsächlich wie ein Italiener
aus; man konnte ahnen, dass er stark behaart und ein
Charmeur war; ich fand ihn zutiefst abstoßend. Außerdem stellte er uns die Spaghetti im Vorübereilen hin, ohne
die geringste Aufmerksamkeit. Hätten wir geschlitzte Rö-
cke getragen, wäre es gleich etwas anderes gewesen ...

Tisserand kippte große Gläser Wein hinunter; ich erör-
terte verschiedene Tendenzen der modernen Tanzmusik.
Er antwortete nicht; ich glaube, er hörte nicht einmal zu.
Als ich jedoch mit einem Satz das antiquierte Wechselspiel
zwischen Rocks und Slows beschrieb, um den rigiden

Charakter zu unterstreichen, den es den Praktiken der Verführung gab, wurde sein Interesse wieder wach. (Hatte er persönlich schon einmal Gelegenheit gehabt, einen Slow zu tanzen? Kaum anzunehmen.) Ich ging zum Angriff über:

«Ich vermute, du wirst Weihnachten richtig feiern. Mit deiner Familie wahrscheinlich ...»

«Zu Weihnachten feiern wir gar nichts. Ich bin Jude», ließ er mich mit einem Anflug von Hochmut wissen. «Das heißt, meine Eltern sind Juden», präzisierte er knapp.

Diese Enthüllung brachte mich ein paar Sekunden lang aus dem Konzept. Aber schlussendlich, Jude oder nicht, änderte das irgendetwas? Wenn ja, dann war ich außerstande, dieses Etwas zu sehen. Ich fuhr fort.

«Wenn wir am 24. abends etwas unternähmen? Ich kenne eine Kneipe in Les Sables, sie heißt ‹Zwischenlandung› und ist ganz nett ...»

Ich hatte das Gefühl, dass meine Worte falsch klangen; ich schämte mich. Aber Tisserand war nicht mehr in der Lage, auf solche Details zu achten. «Glaubst du denn, dass jemand dort sein wird? Mir scheint eher, dass die am 24. alle auf Familie machen», war sein armselig pathetischer Einwand. Ich räumte ein, dass der 31. wesentlich besser wäre: «Die Mädchen sind am 31. leicht zu haben», sagte ich im Tonfall des Wissenden. Aber der 24. ist in dieser Beziehung auch nicht übel: «Die Mädchen essen mit ihren Eltern und der Großmutter Austern, sie bekommen ihre Geschenke; aber nach Mitternacht gehen sie in die Kneipe.» Ich wurde lebhafter und begann, meiner eigenen Erzählung immer mehr Glauben zu schenken; es zeigte sich, dass Tisserand, wie ich vorhergesehen hatte, leicht zu überzeugen war.

Am Abend des nächsten Tages brauchte er drei Stunden, um sich zurechtzumachen. Ich wartete in der Hotelhalle auf ihn, spielte Domino, allein. Ich legte abwechselnd die Steine beider Spieler; es war ziemlich langweilig; trotzdem fühlte ich mich ein wenig beklommen.

Er erschien in schwarzem Anzug, mit goldener Krawatte; seine Frisur musste ihn viel Arbeit gekostet haben. Neuerdings werden Gels produziert, mit denen man erstaunliche Ergebnisse erzielt. Ein schwarzer Anzug steht ihm letztlich noch am besten. Armer Junge.

Es blieb ungefähr eine Stunde totzuschlagen; vor vierundzwanzig Uhr in das Lokal zu gehen, kam nicht in Frage, in diesem Punkt war ich streng. Nach kurzer Diskussion machten wir einen Abstecher in die Mette: Der Pfarrer sprach von einer großen Hoffnung, die im Herzen der Menschen gewachsen sei; dagegen hatte ich nichts einzuwenden. Tisserand langweilte sich, er dachte an irgendetwas anderes; ich fühlte mich langsam ein wenig angewidert, aber ich musste durchhalten. Ich hatte das Filetmesser in eine Plastiktüte getan und vorne in den Wagen gelegt.

Die ‹Zwischenlandung› fand ich mühelos wieder. Dort hatte ich, vor mehr als zehn Jahren, ziemlich unerfreuliche Abende verbracht. Die schlechten Erinnerungen verlöschen weniger schnell, als man glaubt.

Der Laden war zur Hälfte voll: vor allem Fünfzehn- bis Zwanzigjährige, was die geringen Chancen Tisserands von vornherein zunichte machte. Viele Miniröcke, tief geschnittene Mieder; viel frisches Fleisch. Ich sah, wie seine Augen weit aus den Höhlen traten, als sie die Tanzfläche überflogen; ich ging zur Bar, um einen Bourbon zu bestellen. Als ich zurückkam, hielt er sich bereits zögernd am

Rand der Galaxis der Tanzenden. Ich murmelte undeutlich: «Bin gleich wieder da» und ging zu einem Tisch, der wegen seiner leicht vorgeschobenen Position eine ausgezeichnete Sicht auf das Spektakel der Ereignisse bot.

Tisserand schien sich zuerst für eine Brünette von etwa zwanzig Jahren, wahrscheinlich Sekretärin, zu interessieren. Ich war versucht, seine Wahl gutzuheißen. Einerseits war das Mädchen nicht gerade eine atemberaubende Schönheit und würde vermutlich wenig umworben werden; ihre Brüste, zwar von ansehnlicher Größe, hingen bereits ein wenig nach unten, und ihr Hintern wirkte schlaff; in wenigen Jahren, das spürte man, würde das alles endgültig zusammensacken. Andererseits unterstrich ihre äußerst gewagte Kleidung eindeutig ihre Absicht, einen Sexualpartner zu finden: Ihr Kleid aus leichtem Taft wirbelte bei jeder Bewegung hoch, sodass ein Strumpfhaltergürtel zum Vorschein kam und ein winziger Tanga aus schwarzer Spitze, der die Backen zur Gänze nackt ließ. Und schließlich schien ihr ernstes, sogar ein wenig stures Gesicht einen vorsichtigen Charakter anzuzeigen: Dieses Mädchen hatte mit Sicherheit Präservative in ihrer Handtasche.

Einige Minuten lang tanzte Tisserand in ihrer Nähe, wobei er die Arme lebhaft nach vorne warf, um die Begeisterung anzuzeigen, die ihm die Musik einflößte. Zwei- oder dreimal schlug er sogar in die Hände, aber das Mädchen schien ihn überhaupt nicht zu bemerken. Er nutzte eine kurze musikalische Pause, um sie anzusprechen. Sie drehte sich um, warf ihm einen verächtlichen Blick zu und überquerte die ganze Tanzfläche, um sich von ihm zu entfernen. Das Urteil war unwiderruflich.

Alles lief ab wie vorhergesehen. Ich ging zur Bar und bestellte einen zweiten Bourbon.

Als ich zurückkam, spürte ich, dass etwas gekippt war. Ein Mädchen saß allein am Tisch nebenan. Sie war viel jünger als Véronique, vielleicht siebzehn; trotzdem sah sie ihr furchtbar ähnlich. Ihr sehr einfaches, weit geschnittenes Kleid aus beigem Stoff betonte die Formen ihres Körpers nicht, und die waren darauf auch nicht angewiesen. Breites Becken, fester und glatter Hintern; geschmeidige Taille, die die Hände zu zwei runden, großen und zarten Brüsten führt; Hände, die sich vertrauensvoll an die Taille legen und die schön gerundeten Hüften berühren. Ich kannte das alles; es genügte, die Augen zu schließen, um mich zu erinnern. Bis hin zu dem vollen, unschuldigen Gesicht, das die ruhige Verführungskraft der natürlichen, ihrer Schönheit sicheren Frau ausdrückt. Die stille Gelassenheit des Fohlens, das bei aller Sanftmut bereit ist, seine Glieder im beschleunigten Galopp zu erproben. Die zarte Ruhe Evas, die in ihre Nacktheit verliebt ist und weiß, dass sie ganz offensichtlich und für alle Zeiten begehrenswert ist. Mir wurde klar, dass zwei Jahre Trennung nichts ausgelöscht hatten; ich leerte mein Glas Bourbon in einem Zug. Genau diesen Augenblick hatte Tisserand gewählt, um zurückzukommen. Er schwitzte ein wenig. Er sprach mich an – ich glaube, er wollte wissen, ob ich die Absicht hatte, etwas mit dem Mädchen anzufangen. Ich antwortete nicht; ich verspürte ein Bedürfnis zu kotzen und bekam gleichzeitig einen Ständer; ich war ziemlich von der Rolle. Ich sagte: «Entschuldige mich einen Augenblick», und durchquerte die Diskothek in Richtung Toilette. Nachdem ich mich eingeschlossen hatte, steckte ich zwei Finger in meinen Rachen, aber es kam nur enttäuschend wenig heraus. Danach masturbierte ich, mit größerem Erfolg. Anfangs dachte ich natürlich ein wenig an Véronique, aber dann konzentrierte ich mich auf Mösen im Allgemeinen und wurde ruhiger. Die Ejakulation kam nach zwei Minuten; sie gab mir Vertrauen und Sicherheit.

Als ich zurückging, sah ich, dass Tisserand mit der Pseudo-Véronique ein Gespräch angeknüpft hatte; sie blickte ihn ruhig und ohne Abscheu an. Dieses Mädchen war ein wahres Wunder; aber das war jetzt egal, ich hatte schon masturbiert. In Bezug auf das Liebesleben gehörte Véronique wie wir alle zu einer *verlorenen Generation.* Sie war zweifellos fähig gewesen zu lieben; sie hätte sich diese Fähigkeit gern bewahrt, das will ich hiermit bezeugen; aber es ging nicht mehr. Ein seltenes, künstliches und spätes Phänomen, blüht die Liebe nur unter besonderen geistigen Voraussetzungen, die selten zusammentreffen und in jeder Hinsicht der Sittenfreiheit, die das moderne Zeitalter charakterisiert, entgegengesetzt sind. Véronique hatte zu viele Diskotheken und Liebhaber kennen gelernt. Eine solche Lebensweise lässt das menschliche Wesen verarmen, sie fügt ihm Schäden zu, die manchmal schwerwiegend und stets irreparabel sind. Die Liebe als Unschuld und Fähigkeit zur Illusion, als Gabe, die Gesamtheit des anderen Geschlechts auf ein einziges geliebtes Wesen zu beziehen, widersteht selten einem Jahr sexueller Herumtreiberei, niemals aber zwei. In Wirklichkeit zerrütten und zerstören die zahllosen, während der Zeit des Heranwachsens angehäuften sexuellen Erfahrungen jede Möglichkeit gefühlsmäßiger, romantischer Projektion. Nach und nach, tatsächlich aber sehr rasch, wird man so liebesfähig wie ein altes Wischtuch. Man führt dann unvermeidlich ein

Wischtuchleben; mit fortschreitendem Alter wird man weniger verführerisch und in der Folge verbittert. Man ist eifersüchtig auf die Jungen und hasst sie daher. Dieser Hass, der uneingestanden bleiben muss, wird bösartig und immer brennender; schließlich mildert er sich und verlöscht, wie alles verlöscht. Es bleiben nur noch Verbitterung und Ekel, Krankheit und Warten auf den Tod.

An der Bar gelang es mir, mit dem Kellner einen Preis von siebenhundert France für eine Flasche Bourbon auszuhandeln. Als ich mich umdrehte, stieß ich gegen einen zwei Meter großen jungen Elektriker. Er sagte: «He! Dir geht's wohl nicht gut», in einem eher freundlichen Ton. Ich antwortete: «Der süße Honig menschlicher Zärtlichkeit ...» und schaute ihn dabei von unten her an. Im Spiegel bemerkte ich mein Gesicht; es wurde von einem widerwärtigen Grinsen durchlaufen. Der Elektriker schüttelte resigniert den Kopf; ich schickte mich an, mit der Flasche in der Hand die Tanzfläche zu überqueren. Kurz bevor ich mein Ziel erreichte, stieß ich gegen eine Kellnerin und fiel hin. Niemand half mir aufzustehen. Ich sah die schwingenden Tanzbeine über mir; ich hatte Lust, mit der Axt dazwischenzuhauen. Die Blitzlichter waren von einer unerträglichen Heftigkeit; ich war in der Hölle.

Eine Gruppe Jungen und Mädchen hatte sich an unseren Tisch gesetzt, zweifellos Schulkameraden der Pseudo-Véronique. Tisserand ließ nicht locker, aber er hatte die Dinge nicht mehr richtig unter Kontrolle. Er ließ sich zunehmend aus dem Gesprächsfeld hinausdrängen, das konnte jeder sehen; und als einer der Jungen vorschlug, eine Runde an der Theke auszugeben, war er implizit bereits ausgeschlossen. Trotzdem machte er Anstalten, aufzustehen und versuchte, den Blick der Pseudo-Véronique zu fassen. Vergeblich. Er besann sich anders und ließ sich mit einem Mal auf die Bank zurückplumpsen; völlig auf sich selbst bezogen, bemerkte er nicht einmal mehr meine Anwesenheit; ich schenkte mir noch ein Glas ein.

Die Erstarrung Tisserands dauerte wenig mehr als eine Minute; dann schreckte er auf, was zweifellos auf etwas zurückzuführen war, das man am besten als «Energie der Verzweiflung» bezeichnet. Er erhob sich blitzartig, streifte mich beinahe, ging auf die Tanzfläche zu; sein Gesicht lächelte und wirkte entschlossen; trotzdem war er so hässlich wie immer.

Ohne zu zögern pflanzte er sich vor einem Mädchen auf, das nicht älter als fünfzehn war, blond und sehr sexy. Sie trug ein kurzes, hautenges, makellos weißes Kleid, das der Schweiß an ihren Körper geklebt hatte; darunter trug sie, wie man sehen konnte, nichts; ihr kleiner runder Hintern war perfekt geformt; deutlich zu erkennen die braunen Höfe ihrer Brüste. Der Diskjockey hatte gerade eine «Oldie-Viertelstunde» angekündigt.

Tisserand forderte sie auf, einen Rock mit ihm zu tanzen; ein wenig überrumpelt ging sie darauf ein. Schon bei den ersten Takten von *Come on everybody* spürte ich, dass er ausgerastet war. Er schleuderte das Mädchen mit zusammengebissenen Zähnen und bösartiger Miene herum; jedes Mal, wenn er sie an sich zog, nützte er die Gelegenheit, um ihr die Hand auf den Hintern zu pressen. Kaum waren die letzten Töne verklungen, eilte das Mädchen zu einer Gruppe von Gleichaltrigen. Tisserand blieb in der Mitte der Tanzfläche zurück und sah halsstarrig drein; er sabberte ein bisschen. Das Mädchen zeigte auf ihn, während sie mit ihren Freundinnen sprach; prustend vor Lachen schauten sie zu ihm herüber.

In diesem Augenblick kam die Pseudo-Véronique mit ihrer Gruppe von Freunden von der Theke zurück; sie war mit einem jungen Schwarzen – oder eher Mischling – ins Gespräch vertieft. Er war ein wenig älter als sie; ich schätzte ihn auf zwanzig. Sie setzten sich in die Nähe unseres Tischs; als sie vorbeiglitt, machte ich der Pseudo-Véronique ein kleines freundschaftliches Zeichen mit der Hand. Sie sah mich überrascht an, reagierte aber nicht.

Nach dem zweiten Rock legte der Diskjockey einen Slow auf. Es war *Le Sud* von Nino Ferrer; ein wunderbarer Slow, zugegeben. Der Mischling berührte ganz leicht die Schulter der Pseudo-Véronique; gemeinsam standen sie auf. In diesem Augenblick drehte sich Tisserand um und stellte sich ihm in den Weg. Er öffnete die Hände, öffnete den Mund, aber ich glaube nicht, dass er die Zeit hatte, etwas zu sagen. Der Mischling schob ihn sanft beiseite, und in wenigen Sekunden waren die beiden auf der Tanzfläche.

Sie bildeten ein prachtvolles Paar. Die Pseudo-Véronique war ziemlich groß, vielleicht einen Meter siebzig, aber er war um einen Kopf größer. Sie schmiegte ihren Körper vertrauensvoll an den seinen. Tisserand setzte sich neben mich; er zitterte an allen Gliedern. Er schaute wie hypnotisiert auf das Paar. Ich wartete ungefähr eine Minute; dieser Slow, ich erinnerte mich, war endlos. Dann rüttelte ich ihn sanft an der Schulter und sagte mehrmals: «Raphaël …»

«Was soll ich bloß tun?», sagte er.

«Hol dir doch einen runter.»

«Meinst du, es ist gelaufen?»

«Natürlich. Es ist schon lange gelaufen, von Anfang an ist es gelaufen. Du wirst nie einen erotischen Traum für junge Mädchen darstellen, Raphaël. Du musst dich damit abfinden; diese Dinge sind nicht für dich. Auf alle Fälle ist es längst zu spät. Der sexuelle Misserfolg, Raphaël, den du seit der Pubertät erfahren hast, die Frustration, die dich verfolgt, seit du dreizehn bist, werden in dir eine unauslöschliche Spur hinterlassen. Selbst wenn du irgendwann einmal Frauen haben solltest, was ich ehrlich gesagt nicht glaube, wird das nicht genügen; nichts wird jemals genügen. Du wirst immer ein Waisenkind dieser Jugendlieben bleiben, die du nicht erfahren hast. Die Wunde in dir schmerzt; sie wird immer schmerzhafter werden. Eine schreckliche, unbarmherzige Bitterkeit wird am Ende dein Herz erfüllen. Für dich gibt es weder Erlösung noch Linderung. So ist das. Aber das soll nicht heißen, dass dir jede Möglichkeit der Rache verboten ist. Diese Frauen, die du so sehr begehrst, kannst auch du besitzen. Du kannst sogar das besitzen, was am kostbarsten an ihnen ist. Was ist das Kostbarste an ihnen, Raphaël?»

«Ihre Schönheit?», sagte er aufs Geratewohl.

«Es ist nicht ihre Schönheit, in diesem Punkt muss ich dich eines Besseren belehren; es ist auch nicht ihre Möse, ja, nicht einmal ihre Liebe; denn das alles verschwindet mit dem Leben. Aber du kannst schon jetzt ihr Leben besitzen. Noch heute Abend sollst du die Laufbahn des Mörders betreten; glaub mir, mein Freund, das ist die einzige Chance, die dir bleibt. Wenn du diese Frauen vor der Spitze deines Messers zittern und um ihre Jugend flehen siehst, wirst du wahrhaftig ihr Herr und Meister sein; du wirst ihren Leib und ihre Seele besitzen. Vielleicht kannst du sogar, bevor du sie opferst, ein paar schmackhafte Leckereien ergattern; ein Messer, Raphaël, ist ein mächtiger Verbündeter.»

Er fixierte nach wie vor das eng umschlungene Paar, das

langsam seine Kreise auf der Tanzfläche zog; eine Hand der Pseudo-Véronique umfasste die Taille des Mischlings, die andere lag auf seiner Schulter. Leise, fast schüchtern, sagte er zu mir: «Ich würde lieber den Typ fertig machen.» Ich spürte, dass ich gewonnen hatte; meine Anspannung ließ plötzlich nach, und ich füllte unsere Gläser.

«Und», rief ich, «was hindert dich daran? Nur zu! An dem jungen Neger kannst du schon einmal üben. Sie werden ohnehin zusammen weggehen, das ist so gut wie sicher. Du musst natürlich den Typ töten, bevor du an den Körper der Frau rankannst. Übrigens habe ich ein Messer im Wagen.»

Zehn Minuten später gingen sie tatsächlich zusammen weg. Ich stand auf und griff nebenbei nach der Flasche; Tisserand ging folgsam hinter mir her.

Draußen war die Nacht sonderbar lau, beinahe warm. Auf dem Parkplatz tuschelten das Mädchen und der Neger kurz miteinander. Sie gingen zu einem Roller. Ich setzte mich auf den Beifahrersitz des Wagens und nahm das Messer aus der Tüte; die Klinge blinkte im Mondlicht. Bevor die beiden Verliebten auf den Roller stiegen, küssten sie sich lange; das war schön und sehr zärtlich. An meiner Seite zitterte Tisserand ohne Unterlass. Mir war, als spürte ich das verfaulte Sperma in seinem Geschlecht aufsteigen. Er spielte nervös am Lenkrad herum und löste ein Lichtsignal aus; das Mädchen kniff die Augen zusammen. Nun beschlossen sie, wegzufahren; unser Wagen folgte ihnen langsam. Tisserand fragte mich:

«Wo werden sie miteinander schlafen?»

«Wahrscheinlich bei den Eltern des Mädchens, das ist so das Übliche. Aber wir müssen sie vorher anhalten. Sobald wir auf einer Nebenstraße sind, rammen wir den Roller. Sie werden wahrscheinlich ein wenig benebelt sein; es wird dir nicht schwer fallen, den Typ fertig zu machen.»

Der Wagen rollte weich auf der Küstenstraße dahin; vor uns, im Licht der Scheinwerfer, hielt das Mädchen den Oberkörper ihres Freundes umschlungen. Nach einem längeren Schweigen fuhr ich fort:

«Wir könnten sie auch überfahren, um sicherzugehen.»

«Es scheint, dass sie überhaupt keinen Verdacht schöpfen», sagte er nachdenklich.

Plötzlich bog der Roller nach rechts ab und nahm einen Weg, der zum Meer führte. Das war allerdings nicht vorgesehen. Ich sagte zu Tisserand, er solle anhalten; ich beobachtete, wie der Typ sich die Zeit nahm, die Lenkradsperre anzubringen, bevor er sich mit dem Mädchen zu den Dünen aufmachte.

Nachdem wir die erste Düne überquert hatten, begann ich zu begreifen. Das Meer erstreckte sich zu unseren Füßen, es hatte beinahe seinen höchsten Stand erreicht und bildete eine gewaltige Wölbung; das Vollmondlicht spielte sanft auf seiner Oberfläche. Das Paar entfernte sich an der Wasserlinie in Richtung Süden. Die Luft wurde immer wärmer, ungewöhnlich lau für die Jahreszeit; man hätte glauben können, es sei Juni. Unter diesen Umständen war natürlich klar: Sie würden sich am Meeresstrand lieben, unter dem Glanz der Sterne – nichts anderes hätte ich an ihrer Stelle getan. Ich reichte Tisserand das Messer; er machte sich wortlos auf den Weg.

Ich kehrte zurück zum Wagen. Ich stützte mich auf die Motorhaube und ließ mich in den Sand gleiten. Ich trank ein paar Schluck Bourbon aus der Flasche, dann setzte ich mich ans Steuer und fuhr den Wagen in Richtung Meer. Das war ein wenig unvorsichtig, aber das Geräusch des Motors kam mir wattiert vor, kaum hörbar. Die Nacht war eine Hülle, die mich zärtlich umgab. Ich hatte schreckliche Lust, geradeaus in den Ozean zu gleiten. Tisserand blieb lange weg.

Als er zurückkam, sagte er kein Wort. Er hielt das lange Messer in seiner Hand; die Klinge schimmerte schwach; ich sah keine Blutflecken darauf. Plötzlich wurde ich ein wenig traurig. Dann begann er endlich zu sprechen.

«Als ich ankam, waren sie zwischen zwei Dünen. Er hatte ihr schon das Kleid ausgezogen und den BH abgestreift. Ihre Brüste waren so schön, so rund im Mondlicht. Dann hat sie sich umgedreht und hat sich auf ihn gesetzt. Sie hat ihm die Hose aufgeknöpft. Als sie begann, ihn zu lutschen, konnte ich es nicht mehr ertragen.»

Er schwieg. Ich wartete. Das Meer war still wie ein See.

«Ich habe kehrtgemacht und bin zwischen den Dünen entlanggegangen. Ich hätte sie töten können. Sie haben nichts gehört; haben mich überhaupt nicht bemerkt. Ich habe mir einen heruntergeholt. Ich hatte keine Lust, sie zu töten; Blut ändert auch nichts.»

«Überall ist Blut.»

«Ich weiß. Überall Blut, überall Sperma. Mir reicht's jetzt. Ich fahre zurück nach Paris.»

Er hat mir nicht vorgeschlagen, ihn zu begleiten. Ich erhob mich und ging auf das Meer zu. Die Flasche Bourbon war beinahe ausgetrunken; ich kippte den letzten Schluck hinunter. Als ich mich umdrehte, war der Strand leer. Ich hatte den Wagen nicht einmal starten hören.

Ich sollte Tisserand nicht wieder sehen; er starb noch in derselben Nacht auf der Fahrt nach Paris in seinem Wagen.

In der Gegend von Angers war dichter Nebel. Tisserand fuhr mit Vollgas, wie immer. Sein 205 GTI stieß mit voller Wucht gegen einen Lastwagen, der mitten auf der Fahrbahn ins Schleudern gekommen war. Er starb an der Unfallstelle, kurz vor Sonnenaufgang. Der nächste Tag war arbeitsfrei, man feierte die Geburt Christi; erst drei Tage später benachrichtigte seine Familie die Firma. Das Begräbnis nach jüdischem Ritus hatte bereits stattgefunden; eine Kranzspende oder Abordnung von Arbeitskollegen kam daher nicht in Frage. Man verlor ein paar Worte über die Traurigkeit dieses Todes und warum Autofahren bei Nebel so schwierig sei; man ging zurück an die Arbeit; das war alles.

Wenigstens hat er bis zum Schluss gekämpft, sagte ich mir, als ich von seinem Tod erfuhr. Der Jugendclub, der Skiurlaub … Zumindest hat er nicht klein beigegeben; er hat die Arme nicht sinken lassen. Bis zum Schluss und trotz der aufeinander folgenden Niederlagen hat er die Liebe gesucht. Ich weiß, dass in seinem Herzen immer noch Kampf war, als er zerquetscht im Blechhaufen seines 205 GTI steckte, blutüberströmt im schwarzen Anzug mit goldener Krawatte auf der nahezu völlig leeren Autobahn, immer noch der Wunsch und der Wille zum Kampf.

Dritter Teil

Eins

«Ach ja, das war im übertrage-
nen Sinn!
Wir atmen auf ...»

Nachdem Tisserand abgefahren war, habe ich schlecht geschlafen; wahrscheinlich habe ich masturbiert. Als ich erwachte, war alles klebrig, der Sand feucht und kalt; ich
hatte wirklich genug. Ich bedauerte, dass Tisserand den
Neger nicht getötet hatte; der Tag brach an.

Ich war kilometerweit von jedem bewohnten Ort entfernt. Ich stand auf und ging zurück zur Straße. Was hätte
ich sonst tun sollen? Meine Zigaretten waren aufgeweicht,
aber noch rauchbar.

Wieder in Paris, fand ich einen Brief vor, den mir der Ver-
ein ehemaliger Studenten meiner Ingenieurschule geschickt hatte. Sie schlugen mir vor, ein paar gute Fläschchen Wein sowie Gänseleberpastete zum Sonderpreis für
die Feiertage zu kaufen. Ich sagte mir, dass sie das Mailing
mit unverschämter Verspätung gemacht hatten.

Am nächsten Tag ging ich nicht zur Arbeit. Ohne besonderen Grund; ich hatte einfach keine Lust. Auf dem Teppich hockend blätterte ich Verkaufskataloge durch. In

einer Broschüre der Galeries Lafayette fand ich unter dem Titel «Die Aktuellen» eine interessante Beschreibung einer bestimmten Menschenklasse:

«Nach einem arbeitsreichen Tag lassen sie sich in einem tiefen Kanapee mit nüchternen Linien nieder (Steiner, Roset, Cinna). Bei einer Jazzmelodie genießen sie die graphischen Formen ihrer Dhurries-Teppiche und den fröhlichen Anblick ihrer Wandteppiche (Patrick Frey). Bereit zu einem leidenschaftlich ausgefochtenen Set, warten im Badezimmer Handtücher auf sie (Yves Saint-Laurent, Ted Lapidus). Und vor einem Dinner im Kreis der Freunde, in ihren von Daniel Hechter oder Primrose Bordier inszenierten Küchen, besprechen sie die Lage der Welt.»

Freitag und Samstag habe ich nicht viel gemacht; sagen wir, ich habe meditiert, falls es für so etwas eine Bezeichnung gibt. Ich erinnere mich, dass ich über den Selbstmord nachdachte, seine paradoxe Nützlichkeit. Setzen wir einen Schimpansen in einen zu kleinen Käfig mit Balken aus Beton. Das Tier wird zweifellos zu toben beginnen, wird sich gegen die Wände werfen, sich die Haare ausreißen, wird sich fürchterliche Bisse zufügen, und in 73 Prozent der Fälle wird es sich schlussendlich töten. Brechen wir nun eine Öffnung in eine der Wände, die wir vor einen Abgrund stellen. Unser sympathischer Vierhänder wird an den Rand herankommen, wird hinunterschauen und lange dort stehen bleiben, wird mehrmals zurückkehren, aber in aller Regel nicht hinabstürzen; und seine Erregung wird sich in jedem Fall radikal mildern.

Meine Meditation über die Schimpansen zog sich bis tief in die Nacht von Samstag auf Sonntag hinein, und ich habe schließlich die ersten Skizzen für eine Tiererzählung mit dem Titel «Gespräche zwischen einem Schimpansen und einem Storch» niedergeschrieben, die in Wahrheit ein politisches Pamphlet von seltener Schärfe ist. Der Schimpanse, von einer Storchenhorde gefangen genommen, zeigte sich anfangs besorgt und apathisch. Eines Morgens fasste er Mut und bat um ein Treffen mit dem Storchenältesten. Er wurde sogleich zu ihm geführt. Der Schimpanse hob lebhaft die Arme zum Himmel, bevor er zu einer verzweifelten Rede ansetzte:

«Von allen ökonomischen und sozialen Systemen ist der Kapitalismus zweifellos das natürlichste. Das genügt bereits, um darauf zu verweisen, dass er das schlimmste sein muss. Hat man diesen Schluss einmal gezogen, bleibt nur noch ein einsatzfähiger und unverrückbarer Apparat von Argumenten zu entwickeln, dessen Mechanik unter Verwendung von Fakten, die nach dem Zufallsprinzip eingegeben werden, eine Vielzahl von Beweisen hervorbringt, um das vorgefasste Urteil zu bestätigen, ungefähr so, wie die Graphitstäbe eines Atomreaktors dessen Struktur festigen. Eine leichte Aufgabe, gerade recht für einen sehr jungen Affen; dennoch wäre es unverzeihlich, sie zu vernachlässigen.

Bei der Migration des Spermenschwalls zum Gebärmutterhals, einem beachtlichen und beeindruckenden Phänomen, von entscheidender Bedeutung für die Reproduktion der Arten, kann manchmal ein abweichendes Verhalten bestimmter Spermatozoen festgestellt werden. Sie schauen nach vorne, sie schauen nach hinten, manchmal schwimmen sie sogar ein paar Sekunden gegen den Strom, während das beschleunigte Zappeln ihres Schwanzes einen ontologischen Zweifel auszudrücken scheint. Wenn sie diese erstaunliche Unentschlossenheit nicht durch besonders hohes Tempo wettmachen, kommen sie gewöhnlich zu spät und nehmen daher selten an dem großen Fest der genetischen Vereinigung teil. So geschah es im August 1793 Maximilien Robespierre, den die Bewegung der Geschichte fortriss wie eine Lawine einen Chalzedonkristall in der Wüste, vergleichbar einem jungen Storch mit zu schwachen Flügeln, der durch einen unglücklichen Zufall kurz vor Wintereinbruch geboren ist und den es nun große Mühe kostet (man versteht das sehr wohl), bei der Durchquerung der Jetstreams den rechten Kurs einzuhalten. Wie man weiß, werden die Jetstreams über der afrikanischen Küste besonders heftig; aber ich möchte meinen Gedanken noch etwas näher erläutern.

Am Tag seiner Hinrichtung hatte Maximilien Robespierre einen gebrochenen Kiefer, der von einem Verband gehalten wurde. Kurz bevor er seinen Kopf unter das Fallbeil legte, riss der Henker den Verband ab; Robespierre stieß einen Schmerzensschrei aus, Blut spritzte aus seiner Wunde, die zerschlagenen Zähne fielen zu Boden. Dann schwenkte der Henker den Verband wie eine Trophäe, um sie der Menge zu zeigen, die sich um das Schafott drängte. Die Leute lachten und riefen spöttische Bemerkungen.

Die Chronisten kommentieren an diesem Punkt in der Regel: ‹Die Revolution war zu Ende.› Stimmt genau.

Ich stelle mir vor, dass in dem Moment, als der Henker unter dem Beifall der Menge den bluttriefenden Verband schwenkte, im Kopf Robespierres außer dem Schmerz noch etwas anderes war. Etwas anderes als das Gefühl des Scheiterns. Eine Hoffnung? Oder vielmehr das Gefühl, getan zu haben, was er tun musste. Maximilien Robespierre, ich liebe dich.»

Der Storchenälteste antwortete mit bedächtiger, schrecklicher Stimme: «Tat twam asi.» Kurz darauf wurde der Schimpanse von der Storchenhorde hingerichtet; er starb unter furchtbaren Schmerzen, durchstoßen und kastriert von ihren spitzen Schnäbeln. Da er die Weltordnung in Frage gestellt hatte, musste der Schimpanse sterben; das war wirklich nur allzu verständlich; wirklich, es war so.

Am Sonntagmorgen spazierte ich ein wenig im Viertel umher. Ich kaufte ein Rosinenbrötchen. Es war ein milder Tag, aber ein wenig traurig, wie oft die Sonntage in Paris; vor allem, wenn man nicht an Gott glaubt.

Zwei

Am darauf folgenden Montag kehrte ich zu meiner Arbeit zurück, ein wenig aufs Geratewohl. Ich wusste, dass mein Chef zwischen Weihnachten und Neujahr Urlaub hatte; vermutlich war er Ski fahren. Ich hatte den Eindruck, als ob niemand da wäre; als ob kein Mensch zu mir auch nur die geringste Beziehung hätte und ich den Tag damit zubringen würde, auf einer x-beliebigen Tastatur herumzuklimpern. Leider erkennt mich gegen elf Uhr dreißig doch noch jemand. Er stellt sich mir als mein neuer Vorgesetzter vor; ich habe nicht die geringste Lust, an seinen Worten zu zweifeln. Er scheint über meine Tätigkeit mehr oder minder auf dem Laufenden zu sein, wenn auch auf ziemlich verschwommene Weise. Er versucht, Kontakt aufzunehmen und sympathisch zu wirken; ich gehe auf seine Annäherungsversuche nicht ein.

Ein wenig aus Verzweiflung bin ich mittags mit einem Vertreter und einer Chefsekretärin essen gegangen. Ich hatte eigentlich mit ihnen plaudern wollen, doch es bot sich keine Gelegenheit; sie schienen ein sehr altes Gespräch fortzusetzen:

«Für mein Autoradio», begann der Vertreter, «habe ich dann Boxen mit zwanzig Watt genommen. Zehn Watt schien mir zu wenig und dreißig Watt, das war wirklich viel teurer. Fürs Auto, finde ich, zahlt sich das nicht aus.»

«In meinem Wagen», fiel die Sekretärin ein, «habe ich vier Boxen montieren lassen, zwei vorne, zwei hinten.»

Der Vertreter setzte ein anzügliches Lächeln auf. So war das eben, alles ging weiterhin seinen Gang.

Ich verbrachte den Nachmittag in meinem Büro mit diversen Beschäftigungen; in Wirklichkeit tat ich so gut wie nichts. Von Zeit zu Zeit blickte ich auf meinen Notizkalender: Heute war der 29. Dezember. Ich musste am 31. irgendetwas unternehmen. Alle unternehmen am 31. irgendetwas.

Am Abend rufe ich bei SOS Freundschaft an, aber es war besetzt, wie immer während der Feiertage. Gegen ein Uhr früh nehme ich eine Dose Erbsen und schmeiße sie in den Badezimmerspiegel. Das gibt hübsche Splitter. Ich schneide mich beim Zusammenkehren, die Wunden beginnen zu bluten. Ein angenehmes Gefühl; genau das, was ich wollte.

Am nächsten Tag komme ich Punkt acht Uhr ins Büro. Mein neuer Vorgesetzter ist bereits da; hat der Dummkopf hier geschlafen? Draußen schwebt ein schmutziger, unerquicklich aussehender Nebel über dem Platz zwischen den Hochhaustürmen. Die Neonlichter der Büros, in denen die Putztrupps der COMATEC vorbeikommen, gehen der Reihe nach an und aus, was den Eindruck erweckt, als würde das Leben ein wenig langsamer ablaufen. Der Vorgesetzte bietet mir Kaffee an; anscheinend hat er es noch nicht aufgegeben, mich erobern zu wollen. Dummerweise nehme ich den Kaffee an, was mir während der folgenden Minuten eine eher heikle Aufgabe einträgt: Die Suche nach Fehlern in einem Package, das vor kurzem dem Industrieministerium verkauft worden ist. Es soll angeblich

Fehler aufweisen. Ich verbringe zwei Stunden damit, und soweit ich sehe, kann von Fehlern keine Rede sein; allerdings habe ich andere Dinge im Kopf.

Gegen zehn Uhr erfahren wir vom Tod Tisserands. Ein Anruf der Familie, den eine Sekretärin dem gesamten Personal mitteilt. Wir werden noch eine offizielle Todesanzeige bekommen, sagt sie. Ich kann es nicht recht glauben; das sieht ein wenig zu sehr nach dem Gipfel eines Albtraums aus. Aber nein: Alles ist wahr.

Etwas später, noch vor Mittag, bekomme ich einen Anruf von Catherine Lechardoy. Sie hat mir nichts Bestimmtes zu sagen. «Vielleicht sehen wir uns wieder einmal», sagt sie; ich glaube kaum.

Gegen Mittag bin ich Luft schnappen gegangen. In der Buchhandlung habe ich die Michelin-Karte Nummer 80 gekauft *(Rodez-Albi-Nîmes)*. Wieder im Büro, habe ich sie genau studiert. Gegen siebzehn Uhr habe ich einen Entschluss gefasst: Ich werde nach Saint-Cirgues-en-Montagne fahren. Der Name ergoss sich in wunderbarer Einsamkeit zwischen Wäldern und kleinen Dreiecken, die Berggipfel markierten; im Umkreis von dreißig Kilometern gab es nicht die kleinste Ansiedlung. Ich spürte, dass ich dabei war, eine wesentliche Entdeckung zu machen; dass mich dort zwischen dem 31. Dezember und dem 1. Januar, im Augenblick des Jahreswechsels, eine ultimative Offenbarung erwartete. Ich ließ einen Zettel auf meinem Schreibtisch zurück: «BIN KRANK» und fuhr nach Hause, wenngleich nicht ohne Schwierigkeiten; der Streik bei den Verkehrsbetrieben, der am Morgen begonnen hatte, hatte sich inzwischen ausgeweitet; es gab keine Métro mehr, nur noch, auf einem Teil der Linien, einige Busse.

An der Gare de Lyon herrschte der Belagerungszustand; Polizeipatrouillen teilten die Eingangshalle in verschiedene Abschnitte auf und hielten die Bahnsteige besetzt; es hieß, die «Radikalen» unter den Streikenden hätten Kommandos gebildet, die jede Abfahrt verhindern wollten. Dann aber stellte sich heraus, dass mein Zug fast leer war, und die Reise verlief ganz friedlich.

Am Bahnhof Lyon-Perrache wartete ein gewaltiges Aufgebot von Bussen, um die Skiurlauber nach Morzine, La Clusaz, Courchevel, Val d'Isère zu bringen. Nichts dergleichen in Richtung Ardèche. Ich nahm ein Taxi zum Bahnhof Part-Dieu, wo ich eine öde Viertelstunde damit verbrachte, eine gestörte elektronische Anzeige durchzusehen, um schließlich zu entdecken, dass am nächsten Morgen um sechs Uhr fünfundvierzig ein Bus nach Aubenas ging. Es war bereits eine halbe Stunde nach Mitternacht. Ich beschloss, die paar Stunden auf dem Autobusbahnhof Part-Dieu zu verbringen; das war wahrscheinlich ein Fehler. Über dem eigentlichen Busbahnhof erstreckt sich ein hypermoderner Komplex aus Glas und Stahl mit vier oder fünf Stockwerken, verbunden durch chromblitzende Aufzüge, die bei der geringsten Annäherung losgehen; nichts als Luxusgeschäfte (Parfümerie, Haute Couture, teurer Nippes ...) mit absurd aggressiven Schaufenstern; ein Ort, wo man nichts Nützliches bekommt. Überall Videomonitore, die Clips und Werbung ausstrahlen; und natürlich ein Klanghintergrund, bestehend aus den neuesten Hits der Top 50. Nachts wird das Gebäude von Herumtreibern und Teilzeitpennern heimgesucht: schmutzige und bösartige Kreaturen, brutal und dumm, die im Blut, im Hass und in ihren eigenen Exkrementen leben. Die drängen sich in der Nacht um die menschenverlassenen Luxusauslagen wie dicke Fliegen um die Scheiße. Sie bewegen sich in Banden, denn die Einsamkeit kann in diesem Milieu tödlich sein. Sie lungern vor den Monitoren und nehmen die Werbebilder in sich auf, ohne irgendeine Reaktion zu zeigen. Manchmal streiten sie und zücken ihre Messer. Hin und wieder wird einer von ihnen am Morgen tot aufgefunden: Seine Stammesbrüder haben ihm die Kehle durchgeschnitten.

Die ganze Nacht bin ich zwischen diesen Kreaturen umhergeschlendert. Ich hatte überhaupt keine Angst. Ein wenig aus Provokationslust habe ich an einem Bankomat das ganze Geld abgehoben, das noch auf meinem Konto war. Tausendvierhundert Francs in Scheinen. Eine hübsche Beute. Lange starrten sie mich an, aber keiner von ihnen versuchte, mich anzusprechen oder sich mir auf weniger als drei Meter zu nähern.

Gegen sechs Uhr früh gab ich mein Vorhaben auf; am Nachmittag nahm ich einen TGV zurück nach Paris.

Die Nacht des 31. Dezember wird schwer werden. Ich spüre, dass Dinge in mir zerbrechen wie Wände aus zersplitterndem Glas. Ich laufe hin und her, geplagt von der Wut, vom Bedürfnis, etwas zu tun, aber ich kann nichts tun, denn jeder Versuch scheint mir im Voraus zum Scheitern verurteilt. Misserfolg, überall Misserfolg. Nur der Selbstmord funkelt unerreichbar über mir.

Um Mitternacht spüre ich etwas wie eine dumpfe Weggabelung; etwas Schmerzhaftes und Innerliches geschieht. Ich verstehe das alles nicht mehr.

Deutliche Besserung am 1. Januar. Mein Zustand nähert sich dem Stumpfsinn; das ist gar nicht schlecht.

Am Nachmittag lasse ich mir einen Termin bei einem

Psychiater geben. Es gibt da ein System für dringende psychiatrische Fälle, das über Minitel funktioniert: Man tippt seinen Zeitwunsch in die Telefontastatur, und sie liefern einem den Arzt. Sehr praktisch.

Der meine heißt Doktor Népote. Er wohnt im sechsten Arrondissement (wie viele andere Psychiater, nach meinem Eindruck). Ich komme um 19 Uhr 30. Der Mann sieht unglaublich psychiaterhaft aus. Seine Bibliothek ist tadellos geordnet, keine aufdringlichen afrikanischen Masken, keine Originalausgabe von ‹Sexus›; also kein Psychoanalytiker. Hingegen scheint er *Synapse* abonniert zu haben. Die Vorzeichen könnten besser nicht sein.

Die Episode meiner schief gegangenen Reise in die Ardèche scheint ihn zu interessieren. Er bohrt ein wenig nach und entlockt mir das Geständnis, dass meine Eltern aus dieser Gegend stammen. Schon hat er eine Fährte: Seiner Meinung nach bin ich auf der Suche nach einer «stabilen Identität». Alle meine Reisen, verallgemeinert er kühn, seien «Wegstrecken einer Identitätssuche». Schon möglich; trotzdem habe ich Zweifel. Die berufsbedingten Reisen zum Beispiel mache ich schließlich nicht aus freien Stücken. Aber ich will nicht mit ihm streiten. Er hat eine Theorie, das ist gut. Letzten Endes ist es doch immer besser, eine Theorie zu haben.

Seltsamerweise stellt er mir danach Fragen über meine Arbeit. Ich verstehe das nicht; ich kann seiner Frage einfach keinerlei Bedeutung abgewinnen. Der entscheidende Punkt liegt ganz offensichtlich woanders.

Er präzisiert seinen Gedanken, indem er von den «Möglichkeiten sozialer Kontaktnahme» spricht, die einem die Arbeit bietet. Ich lache laut auf, was ihn ein wenig verwundert. Er gibt mir für Montag einen neuen Termin.

145

Am nächsten Tag rufe ich in meiner Firma an, um mitzuteilen, dass ich einen «kleinen Rückfall» erlitten habe. Scheint ihnen ziemlich egal zu sein.

Wochenende ohne besondere Zwischenfälle; ich schlafe viel. Es wundert mich, dass ich erst dreißig bin; ich fühle mich viel älter.

Drei

Der erste Zwischenfall am nächsten Montag ereignete sich gegen zwei Uhr nachmittags. Ich sah den Typ von fern auf mich zukommen und fühlte mich ein wenig traurig. Es war jemand, den ich gern mochte, ein netter Mensch, ziemlich unglücklich. Ich wusste, er war geschieden und lebte schon seit langer Zeit mit seiner Tochter allein. Ich wusste auch, dass er ein wenig zu viel trank. Ich hatte keine Lust, ihn in das alles hineinzuziehen.

Er kam näher, grüßte und bat mich um eine Auskunft über ein Programm, das ich offenbar hätte kennen sollen. Ich brach in Schluchzen aus. Verwirrt, fast bestürzt, trat er den Rückzug an; ich glaube, er hat sich sogar entschuldigt. Er brauchte sich wirklich nicht zu entschuldigen, der Arme.

Es ist klar, dass ich schon in diesem Moment hätte gehen sollen. Wir waren allein im Büro, es gab keine Zeugen, das alles ließ sich noch auf verhältnismäßig diskrete Weise einrenken.

Der zweite Zwischenfall ereignete sich ungefähr eine Stunde später. Diesmal war das Büro voller Leute. Ein Mädchen trat ein, warf missbilligende Blicke auf die Versammelten und wandte sich schließlich an mich, um mir zu sagen, dass ich zu viel rauche; ich sei unerträglich und würde nicht die leiseste Rücksicht auf die anderen nehmen. Ich antwortete mit einem Paar Ohrfeigen. Sie starrte mich entgeistert an. Offensichtlich war sie so etwas nicht gewöhnt; hatte als Kind wohl zu wenig abbekommen. Einen Augenblick lang fragte ich mich, ob sie zurückschlagen würde; ich wusste, in dem Fall wäre ich augenblicklich in Tränen ausgebrochen.

Es vergeht eine Weile, dann sagt sie: «Gut ...», mit idiotisch herabhängendem Kinn. Alle richten ihre Blicke auf uns. Schweigen. Ich drehe mich um, rufe mit lauter Stimme in den Raum: «Ich habe einen Termin beim Psychiater!», und gehe hinaus. Tod eines Angestellten.

Im Übrigen stimmt das, ich habe einen Termin beim Psychiater, aber es bleiben mir noch etwas mehr als drei Stunden bis dahin. Ich verbringe sie in einem Fastfood-Laden mit dem Zerstückeln des Verpackungskartons meines Hamburgers. Eher ziellos, weshalb das Ergebnis enttäuschend ist. Reine Zerstückelung, nichts als Zerstückelung.

Nachdem ich dem Arzt meine kleinen Phantasien erzählt habe, schreibt er mich für eine Woche krank. Er fragt mich sogar, ob ich nicht für kurze Zeit in ein Sanatorium möchte. Ich sage nein, denn ich habe Angst vor den Verrückten.

Eine Woche später suche ich ihn wieder auf. Ich habe nicht viel zu sagen; dennoch gebe ich ein paar Sätze von mir. Ich lese verkehrt herum in seinem Notizblock und sehe, dass er schreibt: «Verlangsamte Ideation». Ah! Seiner Meinung nach bin ich also dabei, mich in einen Idioten zu verwandeln. Das ist eine Hypothese.

Von Zeit zu Zeit wirft er einen Blick auf seine Armbanduhr (fahlrotes Leder, das Zifferblatt rechteckig und vergoldet); ich habe nicht den Eindruck, als würde ich ihn sonderlich interessieren. Ich frage mich, ob er einen Revolver in der Schublade hat, für besonders kritische Fälle. Nach einer halben Stunde gibt er ein paar Sätze allgemeiner Natur über die Perioden des geistigen Abschaltens von sich, verlängert meinen Krankenstand und erhöht die Dosierung meiner Medikamente. Er verkündet mir außerdem, dass mein Zustand einen Namen hat: Es handelt sich um eine Depression. Offiziell bin ich also in einem Tief. Das scheint mir eine glückliche Formulierung zu sein. Nicht, dass ich mich sehr niedrig fühlen würde; es ist eher die Welt um mich herum, die mir so hoch vorkommt.

Am nächsten Morgen kehre ich in mein Büro zurück; mein Abteilungsleiter möchte mich sehen, um «die Lage zu besprechen». Wie ich erwartet hatte, ist er tiefgebräunt von seinem Urlaub in Val d'Isère zurückgekehrt; aber ich bemerke ein paar feine Falten an seinen Augenwinkeln; er ist etwas weniger schön als in meiner Erinnerung. Ich weiß nicht, ich bin enttäuscht.

Ich sage ihm gleich zu Beginn, dass ich in einer Depression bin; das lässt ihn zusammenzucken, aber bald hat er sich wieder gefasst. Dann plätschert das Gespräch eine halbe Stunde lang angenehm dahin, aber ich weiß, dass fortan eine unsichtbare Mauer zwischen uns steht. Er wird mich nie mehr als Gleichgestellten betrachten, schon gar nicht als möglichen Nachfolger; in seinen Augen existiere ich schon nicht mehr wirklich; ich bin gefallen. Jedenfalls weiß ich, dass sie mich entlassen werden, sobald die zwei Monate Krankenstand, die mir rechtlich zustehen, vorbei sind; das machen sie immer so bei Depressionen; ich kenne mehrere Fälle.

Im Rahmen der gegebenen Zwänge verhält er sich ganz

149

passabel; er sucht nach Entschuldigungen für mein Versagen. Einmal meint er sogar:

«In diesem Beruf sind wir alle einem ungeheuren Druck ausgesetzt ...»

«Ach, es geht eigentlich», antworte ich.

Er schreckt hoch, als würde er erwachen, und beendet das Gespräch. Er macht sich ein letztes Mal die Mühe und begleitet mich zur Tür, wobei er jedoch einen Sicherheitsabstand von zwei Metern hält, als fürchte er, ich könnte ihm plötzlich auf den Anzug kotzen.

«Also dann, erholen Sie sich gut, nehmen Sie sich so viel Zeit wie nötig», sagt er abschließend.

Ich verlasse das Gebäude. Jetzt bin ich ein freier Mensch.

Vier

Die Beichte
des Jean-Pierre Buvet

Die folgenden Wochen haben in mir die Erinnerung an einen langsamen Zusammenbruch hinterlassen, der von grausamen Phasen skandiert wurde. Abgesehen vom Psychiater traf ich keinen einzigen Menschen; wenn es dunkel wurde, ging ich Zigaretten und Toastbrot kaufen. An einem Samstagabend bekam ich jedoch einen Anruf von Jean-Pierre Buvet. Er wirkte angespannt.

«Na؟ Immer noch Pfarrer؟», sagte ich, um die Atmosphäre zu lockern.

«Wir müssen uns treffen.»

«Ja, wir könnten uns treffen ...»

«Jetzt gleich, wenn du kannst.»

Ich war nie bei ihm zu Hause gewesen; ich wusste nur, dass er in Vitry wohnte. Der Block mit Sozialwohnungen war im Übrigen recht gepflegt. Zwei junge Araber folgten mir mit den Blicken, einer von ihnen spuckte aus, als ich vorbeiging. Zumindest hat er mir nicht ins Gesicht gespuckt.

Die Wohnung wurde aus den Mitteln der Diözese – oder so ähnlich – bezahlt. Buvet war vor seinem Fernsehgerät zusammengesunken und verfolgte mit angeödeter Miene die Samstagabendshow. Anscheinend hatte er mehr als ein Bier gekippt, während er auf mich gewartet hatte.

«Und? Wie steht's?», sagte ich gutmütig.

«Ich hatte dir gesagt, dass Vitry keine leichte Gemeinde ist; es ist noch schlimmer, als du dir vorstellen kannst. Seit meiner Ankunft habe ich versucht, Jugendgruppen zu bilden; kein einziger Jugendlicher ist jemals gekommen. Seit drei Monaten habe ich kein Kind mehr getauft. Zur Messe sind nie mehr als fünf Personen gekommen: Vier Afrikaner und eine alte Bretonin; ich glaube, sie war zweiundachtzig Jahre alt; früher bei der Eisenbahn angestellt. Sie war schon seit langem verwitwet; ihre Kinder besuchten sie nicht mehr, sie hatte nicht einmal deren Adresse. Eines Sonntags habe ich sie nicht in der Messe gesehen. Ich ging zu ihr, sie wohnt in den Blocks dort drüben ... (die Bierflasche in der Hand, machte er eine undeutliche Geste, sodass ein paar Tropfen auf den Teppich fielen). Ihre Nachbarn sagten mir, sie sei überfallen worden; man habe sie ins Krankenhaus gebracht, aber sie sei nicht sehr schwer verletzt. Ich fuhr ins Krankenhaus: Es würde natürlich eine Weile dauern, bis ihre Brüche verheilt waren, aber es bestand keine Lebensgefahr. Eine Woche später, als ich wieder kam, war sie tot. Ich habe Erklärungen verlangt, aber die Ärzte haben jede Auskunft verweigert. Sie war bereits eingeäschert worden; niemand aus der Familie war gekommen. Ich bin sicher, dass sie ein kirchliches Begräbnis gewollt hätte; sie hat es mir zwar nicht gesagt, denn sie sprach niemals vom Tod, aber ich bin sicher, dass sie das wollte.»

Er nahm einen Schluck und fuhr fort:

«Drei Tage später bekam ich Besuch von Patricia.»

Er machte eine bedeutungsschwangere Pause. Ich warf einen Blick auf den Bildschirm, wo das Programm ohne Ton lief; eine Sängerin im schwarzen Glitzertanga wurde von Pythonschlangen oder Anakondas umringt. Ich lenkte

meinen Blick wieder auf Buvet und versuchte, ein teil-
nahmsvolles Gesicht zu machen. Er fuhr fort:

«Sie wollte beichten, aber sie wusste nicht wie, sie
kannte die Prozedur nicht. Patricia war Krankenschwester
in der Abteilung, in die man die Alte gebracht hatte; sie
hatte die Ärzte untereinander sprechen hören. Sie wollten
nicht, dass sie all die Monate, die zu ihrer Genesung nötig
waren, ein Bett belegte; sie sagten, das sei eine überflüssige
Last. Also beschlossen sie, ihr eine Mischung aus starken
Beruhigungsmitteln zu verabreichen, die unter bestimmten Umständen einen schnellen und sanften Tod bewirken.
Sie haben zwei Minuten diskutiert, länger nicht. Dann hat
der Stationschef Patricia gebeten, die Injektion vorzuneh-
men. Sie tat es noch in derselben Nacht. Es war das erste
Mal, dass sie eine Euthanasie durchführte; ihre Kollegin-
nen tun das ziemlich oft. Sie ist sehr schnell gestorben, im
Schlaf. Seitdem konnte Patricia nicht mehr schlafen; sie
träumte von der Alten.»

«Was hast du gemacht?»

«Ich bin zur Diözese gegangen, aber die waren ohnehin
auf dem Laufenden. In dem Krankenhaus werden offenbar
regelmäßig Euthanasien durchgeführt. Noch nie hat es Anzeigen gegeben; zumal alle früheren Prozesse mit Freisprü-
chen endeten.»

Er schwieg, trank sein Bier in einem Zug aus, öffnete
eine neue Flasche; dann fasste er Mut und begann:

«Einen Monat lang habe ich Patricia beinahe jede Nacht
wieder gesehen. Ich weiß nicht, was in mich gefahren ist.
Seit dem Seminar hatte ich keine Versuchungen gehabt.
Sie war so liebenswürdig, so unbefangen. Sie wusste
nichts von religiösen Dingen und war auf alles sehr neugie-
rig. Sie verstand nicht, warum Priestern die fleischliche

153

Liebe verboten ist; sie fragte sich, ob Priester ein Sexualleben haben, ob sie masturbieren. Ich antwortete auf alle
Fragen, empfand dabei überhaupt keine Scham. Ich betete
viel während dieser Zeit, ich las immer wieder die Evangelien; ich hatte nicht das Gefühl, irgendetwas Böses zu tun.
Ich fühlte, dass Christus mich verstand, dass er bei mir
war.»

Er schwieg von neuem. Auf dem Bildschirm war jetzt
ein Werbeclip für den Renault Clio zu sehen; das Auto
wirkte sehr wohnlich.

«Letzten Montag sagte mir Patricia, dass sie einen anderen Jungen getroffen hatte. In einer Diskothek, im ‹Metro-
polis›. Sie sagte mir, dass wir uns nicht mehr sehen würden, dass sie aber froh sei, mich kennen gelernt zu haben.
Sie wechsele gern ihre Freunde, schließlich sei sie erst
zwanzig. Im Grunde möge sie mich gern leiden, aber nicht
mehr; was sie vor allem errege, sei die Vorstellung, mit einem Priester zu schlafen, sie finde das irgendwie geil; aber
sie werde niemandem etwas davon sagen, Ehrenwort.»

Diesmal dauerte das Schweigen zwei volle Minuten. Ich
fragte mich, was ein Psychologe an meiner Stelle sagen
würde; wahrscheinlich gar nichts. Schließlich hatte ich
eine sonderbare Idee:

«Du solltest beichten.»

«Morgen muss ich die Messe lesen. Ich glaube, ich
schaffe es nicht. Ich fühle die Gegenwart nicht mehr.»

«Welche Gegenwart?»

Danach haben wir nicht mehr viel gesprochen. Von Zeit
zu Zeit sagte ich einen Satz wie: «Na ja, es wird schon …»
Er fuhr fort, in regelmäßigem Rhythmus Biere hinunterzu-
kippen. Es war klar, dass ich nichts für ihn tun konnte.
Schließlich ließ ich ein Taxi kommen.

In dem Augenblick, als ich durch die Tür hinausging, sagte er: «Auf Wiedersehen.» Das glaube ich eigentlich nicht; ich habe stark das Gefühl, dass wir uns nie wieder sehen werden.

Bei mir zu Hause ist es kalt. Ich erinnere mich, dass ich früher am Abend, kurz vor dem Weggehen, eine Scheibe mit einem Faustschlag zerbrochen hatte. Seltsam, dass meine Hand keine Verletzung aufweist; nicht den kleinsten Schnitt.

Ich lege mich trotzdem hin und schlafe ein. Die Albträume kommen erst später in der Nacht. Zuerst gar nicht als Albträume erkennbar, eher angenehm sogar.

Ich schwebe über der Kathedrale von Chartres. Ich habe eine mystische Vision, die die Kathedrale von Chartres betrifft. Sie scheint ein Geheimnis zu enthalten und darzustellen – ein letztes Geheimnis. Gleichzeitig bilden sich in den Gärten nahe den Seiteneingängen mehrere Gruppen von Nonnen. Sie empfangen Alte und sogar Sterbende und erklären ihnen, dass ich ein Geheimnis enthüllen werde.

Unterdessen gehe ich die Gänge eines Krankenhauses entlang. Ich bin mit einem Mann verabredet, aber er ist nicht da. Ich muss eine Weile in einer Kühlhalle warten, dann gerate ich erneut auf einen Gang. Derjenige, der mich aus dem Krankenhaus herausholen könnte, ist immer noch nicht da. Danach bin ich in einer Ausstellung. Patrick Leroy vom Landwirtschaftsministerium hat alles organisiert. Er hat die Köpfe von Persönlichkeiten aus Illustrierten herausgeschnitten, hat sie auf irgendwelche Bilder geklebt (die zum Beispiel die Flora der Trias darstellen) und verkauft seine Figürchen sehr teuer. Ich habe das Gefühl, er will, dass ich ihm eine abkaufe; er sieht selbstzufrieden und beinahe bedrohlich aus.

155

Dann schwebe ich erneut über der Kathedrale von Chartres. Es herrscht große Kälte. Ich bin vollkommen allein. Meine Flügel tragen mich gut.

Ich nähere mich den Türmen, aber ich kann nichts mehr erkennen. Diese Türme sind riesenhaft, schwarz, unheilvoll; sie sind aus schwarzem Marmor gemacht, der einen harten Glanz abstrahlt. Im Marmor sind kleine, schreiend farbige Figuren inkrustiert, darin funkeln die Schrecken des organischen Lebens.

Ich falle, ich falle zwischen den Türmen hinab. Mein Gesicht, das zerschellen wird, bedeckt sich mit Linien aus Blut, die die künftigen Bruchstellen anzeigen. Meine Nase ist ein klaffendes Loch, durch das die organische Materie eitert.

Und nun bin ich in der menschenleeren Ebene der Champagne. Kleine Schneeflocken fliegen vorbei, dazu die Blätter einer Illustrierten mit großen, aggressiven Druckbuchstaben. Die Zeitschrift muss aus dem Jahr 1900 stammen.

Bin ich Reporter, Journalist? Es scheint so, denn der Stil der Artikel ist mir vertraut. Sie sind in jenem grausamen Anklageton geschrieben, den die Anarchisten und Surrealisten liebten.

Die zweiundneunzigjährige Octavie Léoncet wurde tot in ihrer Scheune aufgefunden. Ein kleiner Bauernhof in den Vogesen. Ihrer Schwester, Léontine Léoncet, siebenundachtzig, ist es ein Vergnügen, den Journalisten den Leichnam zu zeigen. Die Waffen, mit denen das Verbrechen begangen wurde, liegen für jedermann sichtbar da: eine Holzsäge und ein Handbohrer. Voller Blut natürlich.

Und die Verbrechen häufen sich. Immer sind die Opfer alte Frauen, die allein auf ihren Bauernhöfen leben. Jedes

Mal lässt der junge, ungreifbare Mörder seine Werkzeuge am Tatort zurück: Manchmal ist es ein Meißel, manchmal eine Gartenschere, manchmal nur ein Fuchsschwanz.

Und das alles ist magisch, abenteuerlich, anarchisch.

Ich wache auf. Es ist kalt. Ich tauche zurück in den Traum.

Jedes Mal spüre ich vor diesen blutbefleckten Werkzeugen bis in alle Einzelheiten die Schmerzen des Opfers. Bald habe ich eine Erektion. Auf dem Tisch neben meinem Bett liegt eine Schere. Der Gedanke drängt sich auf: mein Geschlecht abschneiden. Ich sehe mich mit der Schere in der Hand; dann der kurze Widerstand des Fleisches und plötzlich der blutige Stumpf, die wahrscheinliche Ohnmacht.

Der Stumpf auf dem Teppichboden. Blutverklebt.

Gegen elf Uhr wache ich erneut auf. Ich habe zwei Scheren, eine in jedem Zimmer. Ich nehme sie beide und lege sie unter ein paar Bücher. Das ist eine Willensanstrengung, die wahrscheinlich nicht ausreichen wird. Die Lust dauert an, wird größer, verwandelt sich. Diesmal ist es meine Absicht, eine Schere zu nehmen, in meine Augen zu stechen, um sie auszureißen. Genauer, ins linke Auge, an einer Stelle, die ich gut kenne, dort, wo es so tief in der Höhle zu sitzen scheint.

Dann nehme ich Beruhigungsmittel, und alles wird besser. Alles wird besser.

Fünf
Venus und Mars

Am Ende dieser Nacht hielt ich es für gut, den Vorschlag des Doktor Népote betreffend den Aufenthalt in einem Sanatorium noch einmal zu überdenken. Er beglückwünschte mich herzlich. Seiner Meinung nach war ich damit auf dem besten Weg zu meiner vollständigen Genesung. Die Tatsache, dass die Initiative von mir ausging, sei äußerst günstig, sagte er; ich begänne, meinen Heilungsprozess selbst in die Hand zu nehmen. Das sei gut; sehr gut sogar.

Sein Einweisungsschreiben in der Hand, stellte ich mich in Rueil-Malmaison vor. Es gab dort einen Park, und die Mahlzeiten wurden gemeinsam eingenommen. Allerdings war mir während der ersten Zeit die Aufnahme fester Nahrung unmöglich; ich erbrach sie sofort unter schmerzhaftem Schlucken; ich hatte das Gefühl, mit dem Erbrochenen zugleich meine Zähne loszuwerden. Ich war auf Infusionen angewiesen.

Der Chefarzt stammte aus Kolumbien und war nicht sehr hilfreich. Ich präsentierte ihm mit dem hartnäckigen Ernst der Neurotiker sämtliche Argumente, die unwiderruflich gegen mein Überleben sprachen; jedes von ihnen schien mir geeignet, den sofortigen Selbstmord auszulösen. Offenbar hörte er mir zu; er schwieg jedenfalls, unterdrückte nur hin und wieder ein leichtes Gähnen. Erst nach Wochen ging mir ein Licht auf: Ich sprach leise; von der französischen Sprache hatte er nur bescheidene Kenntnisse; in Wirklichkeit verstand er von meinen Geschichten kein Wort.

Die Hilfe, die mir seine Assistentin (ein wenig älter als er und von bescheidenerer sozialer Herkunft) angedeihen ließ, war hingegen durchaus wertvoll. Allerdings arbeitete sie auch an einer Doktorarbeit über die Angst, und dafür brauchte sie natürlich Material. Sie benutzte ein Radiola-Tonbandgerät; sie bat mich um die Erlaubnis, es einschalten zu dürfen. Natürlich war ich einverstanden. Ich mochte ihre rissigen Hände, ihre zerbissenen Nägel, wenn sie die Aufnahmetaste drückte. Dabei waren mir Psychologiestudentinnen immer verhasst: lauter Schlampen, das ist meine Meinung. Aber diese ältere Frau, die man sich über einen Waschkessel gebeugt vorstellte, das Gesicht von einem Turban umrahmt, flößte mir beinahe Vertrauen ein.

Dennoch war unsere Beziehung zu Beginn nicht einfach. Sie warf mir vor, in zu allgemeinen, zu soziologischen Worten zu sprechen. Ihrer Meinung nach war das uninteressant: Ich sollte mich vielmehr selbst einbringen, mich wieder auf mich besinnen.

«Aber ich habe von mir selbst inzwischen genug …», wandte ich ein.

«Als Psychologin kann ich solche Äußerungen weder akzeptieren noch auf irgendeine Weise unterstützen. Wenn Sie über die Gesellschaft palavern, errichten Sie eine Mauer, hinter der Sie sich schützen. Meine Aufgabe ist es, diese Mauer zu zerstören, damit wir an Ihren persönlichen Problemen arbeiten können.»

Dieser Dialog zwischen einem Tauben und einer Stummen hielt etwas länger als zwei Monate an. Im Grunde glaube ich, dass sie mich gern hatte. Ich erinnere mich an einen Morgen, es war schon Frühlingsbeginn; durch das Fenster sah man die Vögel auf der Wiese umherhüpfen. Sie wirkte frisch und entspannt. Zuerst unterhielten wir uns ein wenig über die Dosierung meiner Medikamente; dann aber fragte sie mich auf ganz direkte, spontane, unerwartete Weise: «Warum sind Sie eigentlich so unglücklich?» Das alles, diese Freimütigkeit, war ziemlich ungewöhnlich. Und auch ich tat etwas Ungewöhnliches: Ich reichte ihr einen kleinen Text, den ich in der vorhergehenden Nacht geschrieben hatte, um die schlaflosen Stunden auszufüllen.

«Ich würde Sie lieber sprechen hören», sagte sie.

«Lesen Sie es trotzdem.»

Sie war tatsächlich in bester Laune; sie nahm das Blatt, das ich ihr hinhielt, und las die folgenden Sätze:

«Es gibt Menschen, die spüren sehr früh eine erschreckende Unmöglichkeit, auf sich allein gestellt zu leben; im Grunde ertragen sie es nicht, ihrem Leben ins Gesicht zu blicken und es als Ganzes zu sehen, ohne Schattenzonen, ohne Hintergründe. Ich räume ein, dass ihre Existenz eine Ausnahme von den Naturgesetzen ist, nicht nur, weil sich dieser Riss der fundamentalen Nichtanpassung außerhalb jeder genetischen Finalität vollzieht, sondern auch wegen der exzessiven Hellsichtigkeit, die er voraussetzt, eine Hellsichtigkeit, die die Wahrnehmungsmuster der gewöhnlichen Existenz offenkundig überschreitet. Es genügt manchmal, ihnen einen anderen Menschen gegenüberzustellen, wobei dieser ebenso rein, ebenso transparent sein muss wie sie selbst, damit dieser unhaltbare Riss sich in ein leuchtendes Streben auflöst, das beständig auf das absolut Unerreichbare gerichtet ist. Während ein Spiegel Tag für Tag dasselbe trostlose Bild zurückwirft, planen und bauen zwei parallele Spiegel ein klares und dichtes Netz, welches das menschliche Auge auf einen unendlichen Weg ohne Grenzen führt, unendlich in seiner geometrischen Reinheit, jenseits aller Leiden, jenseits der Welt.»

Ich hob die Augen, ich blickte sie an. Sie wirkte ein wenig erstaunt. Schließlich sagte sie vage: «Interessant, das mit dem Spiegel ...» Sie musste so etwas schon bei Freud gelesen haben oder in *Mickey-Parade*. Immerhin, sie war nett und tat, was sie konnte. Sie fasste sich ein Herz und fügte hinzu:

«Aber ich hätte lieber, dass Sie unmittelbar von Ihren Problemen sprechen. Noch einmal, Sie bleiben zu sehr im Abstrakten.»

«Vielleicht. Aber konkret verstehe ich nicht, wie es den Menschen gelingt zu leben. Ich habe das Gefühl, dass eigentlich alle unglücklich sein müssten ... Verstehen Sie, wir leben in einer derart einfachen Welt. Es gibt ein System, das auf Beherrschung, Geld und Angst beruht – ein eher männliches System, nennen wir es Mars; und es gibt ein weibliches System, das auf Verführung und Sex beruht, nennen wir es Venus. Das ist auch schon alles. Ist es wirklich möglich, zu leben und dabei zu glauben, dass es nichts anderes gibt? Wie die Realisten des späten 19. Jahrhunderts glaubte Maupassant, dass es nichts anderes gebe; das hat ihn verrückt gemacht.»

«Sie bringen alles durcheinander. Maupassants Wahnsinn ist nichts als ein klassisches, fortgeschrittenes Stadium der Syphilis. Jeder normale Mensch akzeptiert die beiden Systeme, von denen Sie sprechen.»

«Nein. Wenn Maupassant verrückt geworden ist, dann deshalb, weil er ein scharfes Bewusstsein von der Materie, vom Nichts und vom Tod hatte – und weil in seinem Bewusstsein für nichts anderes Platz war. Er errichtete eine strikte Trennlinie zwischen seiner individuellen Existenz und dem Rest der Welt, worin er uns Heutigen gleicht. Das ist die einzige Art und Weise, wie wir heutzutage die Welt denken können. So kann zum Beispiel die Kugel einer 45er Magnum mein Gesicht streifen und in die Wand hinter mir einschlagen: Ich bleibe unverletzt. Oder die Kugel kann mein Fleisch zerfetzen, meine körperlichen Schmerzen werden beträchtlich sein, mein Gesicht für immer zerstört; vielleicht wird auch mein Auge zerrissen, sodass ein einäugiger Krüppel zurückbleibt; ich werde den Leuten künftig nur noch Abscheu einflößen. Allgemeiner gesprochen, wir alle sind dem Prozess des Alterns und des Sterbens unterworfen. Dieser Begriff des Alterns und des Todes ist dem menschlichen Individuum unerträglich: In unseren Zivilisationen entfaltet er sich souverän und unbedingt, er füllt zunehmend das Feld des Bewusstseins aus und lässt nichts neben sich bestehen. So festigt sich nach und nach die Gewissheit von der Begrenztheit der Welt. Das Begehren selbst verschwindet; was bleibt, ist Verbitterung, Eifersucht und Angst. Vor allem Verbitterung. Eine ungeheure, unvorstellbare Verbitterung. Keine Zivilisation, keine Epoche war imstande, bei ihren Subjekten ein solches Maß an Verbitterung zu erzeugen. Unter diesem Gesichtspunkt ist das, was wir heute erleben, völlig neuartig. Müsste ich den geistigen Zustand unserer Zeit in einem Wort zusammenfassen, ich würde unweigerlich dieses wählen: Verbitterung.»

Sie antwortete zuerst nicht, überlegte ein paar Sekunden und fragte mich dann:

«Wann hatten Sie zum letzten Mal Geschlechtsverkehr?»

«Vor etwas mehr als zwei Jahren.»

«Ah!», rief sie beinahe triumphierend. «Wie wollen Sie unter diesen Umständen das Leben lieben?»

«Würden Sie mit mir ins Bett gehen?»

Sie wurde verlegen; ich glaube, sie wurde sogar ein wenig rot. Sie war vierzig, mager und ziemlich verbraucht; aber an diesem Morgen fand ich sie wirklich reizend. Ein unbeabsichtigtes Lächeln zeigte sich auf ihrem Gesicht. Ich war beinahe sicher, dass sie ja sagen würde. Aber sie riss sich zusammen:

«Das ist nicht meine Rolle. Als Psychologin besteht meine Rolle darin, Sie in die Lage zu versetzen, Methoden der Verführung anzuwenden, damit Sie wieder normale Beziehungen zu jungen Frauen haben können.»

Bei den nächsten Sitzungen ließ sie sich durch einen männlichen Kollegen vertreten.

Ungefähr zur selben Zeit begann ich, mich für meine Kameraden im Elend zu interessieren. Es gab wenige Tobsüchtige unter ihnen. Die meisten hatten Depressionen und Angstzustände; ich vermute, sie verhielten sich mit Absicht so. Die Leute, die in solche Zustände geraten, geben es bald auf, die Bösen zu spielen. Sie nehmen ihre Beruhigungsmittel und bleiben die meiste Zeit des Tages im Bett. Von Zeit zu Zeit drehen sie ein paar Runden auf dem Gang, rauchen vier oder fünf Zigaretten hintereinander und legen sich wieder hin. Die Mahlzeiten hingegen waren ein Moment der Gemeinschaft; die Dienst habende Krankenschwester sagte: «Bedienen Sie sich.» Sonst wurde kein Wort gesprochen; jeder war ganz mit seinem Essen beschäftigt. Es kam vor, dass sich einer der Tafelnden in einem Anfall schüttelte oder zu wimmern begann; er stand auf, kehrte in sein Zimmer zurück – das war alles. Ich verfiel langsam auf den Gedanken, dass all diese Leute, Männer wie Frauen, überhaupt nicht gestört waren; sie litten bloß unter einem Mangel an Liebe. Ihre Gesten, ihr Verhalten, ihre Mimik zeugten von einem herzzerreißenden Durst nach körperlicher Berührung und Zärtlichkeit; aber das war natürlich nicht möglich. Deshalb wimmerten sie, stießen Schreie aus, zerkratzten sich mit ihren Fingernägeln. Während meines Aufenthalts hat einer sich erfolgreich kastriert.

Mit den Wochen wuchs in mir die Überzeugung, dass ich auf Erden war, um einen vorgefassten Plan zu erfüllen – ein wenig so, wie Christus in den Evangelien das erfüllt, was die Propheten angekündigt haben. Gleichzeitig begann ich zu ahnen, dass mein Aufenthalt im Sanatorium nur der erste in einer langen Folge von immer längeren Internierungen in immer geschlosseneren und härteren psychiatrischen Anstalten war.

Ab und zu sah ich die Psychologin auf den Gängen, aber ein richtiges Gespräch wollte nicht mehr entstehen; unsere Beziehung war jetzt ziemlich förmlich. Ihre Arbeit über die Angst gehe voran, sagte sie; im Juni werde sie die Prüfungen ablegen.

Wahrscheinlich führe ich heute eine vage Existenz in einer Habilitationsschrift, unter vielen anderen konkreten Fällen. Dieses Gefühl, ein Element einer umfangreichen Studie geworden zu sein, beruhigt mich. Ich stelle mir das Werk vor, die gebundenen Seiten, den ein wenig traurigen Leinendeckel. Langsam drückt mich das Gewicht platt. Ich werde zermalmt.

Ich verließ die Klinik an einem 26. Mai; ich erinnere mich an die Sonne, die Wärme, die Atmosphäre der Freiheit auf den Straßen. Es war unerträglich.

Es war ebenfalls ein 26. Mai gewesen, am späten Nachmittag, als ich empfangen wurde. Der Koitus hatte im Wohnzimmer stattgefunden, auf einem unechten pakistanischen Teppich. Im Augenblick, als mein Vater meine Mutter von hinten nahm, hatte sie die unglückliche Idee, den Arm auszustrecken und seine Hoden zu streicheln, sodass es zur Ejakulation kam. Sie hatte Lust empfunden, aber keinen richtigen Orgasmus. Kurz darauf hatten sie kaltes Huhn gegessen. Das war jetzt zweiunddreißig Jahre her; damals gab es noch richtige Hühner.

In Bezug auf mein Leben nach dem Verlassen der Klinik hatte ich keine genauen Anweisungen; ich sollte nur einmal pro Woche vorbeikommen. Um das Übrige musste ich mich in Zukunft selbst kümmern.

Sechs
Saint-Cirgues-en-Montagne

> «*So paradox es scheinen mag,
> es gibt einen Weg, den man
> zurücklegen kann und muss,
> aber es gibt keinen Reisenden.
> Handlungen werden ausge-
> führt, aber es gibt keinen
> Handelnden.*»
> Sattipathana-Sutta, XLII, 16

Am 20. Juni desselben Jahres bin ich um sechs Uhr aufge-
standen und habe das Radio aufgedreht, genauer gesagt:
Radio-Nostalgie. Es lief ein Lied von Marcel Amont, in
dem von einem sonnengebräunten Mexikaner die Rede
war. Leicht, unbekümmert, ein wenig dumm; genau das,
was ich brauchte. Während ich Radio hörte, wusch ich
mich, dann habe ich ein paar Sachen gepackt. Ich hatte beschlossen, nach Saint-Cirgues-en-Montagne zurückzukehren – beziehungsweise: noch einmal zu versuchen, dort-
hin zu gelangen.

Bevor ich gehe, esse ich alles auf, was in der Küche ist.
Das fällt mir schwer, denn ich habe keinen Hunger. Zum
Glück ist es nicht viel: vier Stück Zwieback und eine Dose
Ölsardinen. Ich weiß nicht, warum ich das tue, denn es ist
klar, dass es sich um haltbare Produkte handelt. Ich habe

schon seit langer Zeit keine klare Vorstellung mehr vom Sinn meiner Handlungen; eigentlich frage ich mich kaum noch danach. Die meiste Zeit bin ich mehr oder minder in der Position des Beobachters.

Als ich das Abteil betrete, wird mir immerhin bewusst, dass ich dabei bin, völlig auszurasten; ich achte nicht weiter darauf und setze mich. Am Bahnhof von Langogne miete ich ein Fahrrad; ich habe vorher angerufen, um eines zu reservieren – das alles habe ich hervorragend organisiert. Ich steige also auf dieses Fahrrad, und mir wird augenblicklich bewusst, wie absurd der Plan ist: Seit zehn Jahren bin ich nicht mehr Fahrrad gefahren, Saint-Cirgues ist vierzig Kilometer entfernt, die Straße steigt häufig steil an, und ich fühle mich nicht einmal fähig, in flachem Gelände mehr als zwei Kilometer zurückzulegen. Ich habe jede Fähigkeit, jede Lust zu körperlicher Anstrengung verloren.

Die Straße wird eine endlose, dafür aber ein wenig abstrakte Tortur sein, wenn man so sagen kann. Die Gegend ist vollkommen menschenleer; man gerät immer tiefer ins Gebirge hinein. Ich spüre die Schmerzen; ich habe meine körperlichen Kräfte dramatisch überschätzt. Aber das Endziel dieser Reise steht mir nicht mehr klar vor Augen, es zerbröckelt langsam, während ich, ohne einen Blick auf die Landschaft zu werfen, diese unsinnigen Hänge emporklettere, die immer wieder von neuem beginnen.

Mitten in einem qualvollen Aufstieg, als ich wie ein erstickender Kanarienvogel keuche, stoße ich auf ein Schild: «Achtung. Minensprengung.» Irgendwie fällt es mir schwer, daran zu glauben. Wer sollte es hier auf mich abgesehen haben?

Wenig später sehe ich die Erklärung. Es handelt sich bloß um einen Steinbruch. Was zerstört werden soll, sind Felsblöcke. So ist es mir lieber.

Das Gelände wird flacher; ich hebe den Kopf. Rechts von der Straße ist ein Hügel aus Schutt, Staub oder kleinen Steinchen. Seine abschüssige Oberfläche ist grau, von geometrischer, absoluter Ebenheit. Sehr anziehend. Ich bin sicher, man würde sofort mehrere Meter einsinken, würde man darauftreten.

Von Zeit zu Zeit bleibe ich am Straßenrand stehen, rauche eine Zigarette, weine ein bisschen und fahre weiter. Ich wäre gern tot. Aber «es gibt einen Weg, den man zurücklegen muss».

Ich erreiche Saint-Cirgues in einem Zustand pathetischer Erschöpfung und steige im Hotel «Waldesluft» ab. Ich ruhe mich eine Weile aus und gehe dann in die Hotelbar, um ein Bier zu trinken. Die Dorfbewohner wirken gastfreundlich und sympathisch; sie grüßen mich.

Ich hoffe, dass niemand ein längeres Gespräch mit mir beginnen wird, um mich zu fragen, ob ich Urlaub mache, woher ich mit meinem Fahrrad komme, ob mir die Gegend gefällt usw. Zum Glück kommt niemand auf die Idee.

Mein Handlungsspielraum ist außerordentlich eng geworden. Ich sehe noch einige Möglichkeiten, aber sie unterscheiden sich nur in Einzelheiten.

Die Mahlzeit wird auch nichts besser machen. Dabei habe ich inzwischen drei Amphetamintabletten genommen. Aber ich sitze hier, allein an meinem Tisch, ich habe das Feinschmeckermenü bestellt. Es ist köstlich; sogar der Wein ist gut. Ich weine beim Essen; leise Seufzer kommen mir über die Lippen.

Später, auf meinem Zimmer, werde ich zu schlafen versuchen – wieder einmal vergeblich. Traurige Routine der Gehirntätigkeit; das Verfließen der Nacht wie erstarrt; die Bilder im Kopf, die sich immer sparsamer lösen. Minutenlanges Starren auf die Bettdecke.

Gegen vier Uhr morgens wird die Nacht jedoch anders. Etwas zuckt in meinem Innersten; dieses Etwas will ins Freie. Der ganze Charakter der Reise beginnt sich zu ändern, er bekommt in meinem Geist etwas Entscheidendes, beinahe Heroisches.

Am 21. Juni stehe ich um sieben Uhr auf, frühstücke und fahre mit dem Fahrrad in den Forst von Mazas. Das gute Abendessen gestern muss mich gekräftigt haben: Von Tannen umgeben, gleite ich fast mühelos vorwärts.

Das Wetter ist wunderschön, mild, frühlingshaft. Auch der Wald von Mazas, schön und zutiefst beruhigend. Ein richtiger Gebirgswald mit steil ansteigenden Pfaden, Lichtungen, einer Sonne, die überall durchdringt. Die Wiesen sind von Narzissen bedeckt. Man fühlt sich wohl und ist glücklich; weit und breit kein Mensch. Etwas scheint hier möglich zu sein. Man hat das Gefühl, sich an einem Ausgangspunkt zu befinden.

Und plötzlich verschwindet alles. Eine große geistige Ohrfeige wirft mich zurück auf mein innerstes Wesen. Und ich prüfe mich, werde ironisch, aber gleichzeitig habe ich Achtung vor mir. Wie sehr ich mich, bis ans Ende, zu großen geistigen Bildern fähig fühle! Wie deutlich die Vorstellung noch ist, die ich mir von der Welt mache! Der Reichtum dessen, was in mir sterben wird, ist ungeheuer. Ich werde nicht erröten müssen; ich habe es versucht.

Ich lege mich auf einer Wiese in die Sonne. Und jetzt auf einmal der Schmerz, während ich in dieser so sanften

Wiese liege, mitten in dieser so freundlichen, so beruhi-
genden Landschaft. Alles, was Quelle der Teilnahme, der
Lust, der unschuldigen Sinnesharmonie hätte sein können,
ist zu einer Quelle von Unglück und Schmerz geworden.
Gleichzeitig empfinde ich heftig die Möglichkeit der
Freude. Seit Jahren marschiere ich an der Seite eines Ge-
spenstes, das mir gleicht und das in einem theoretischen
Paradies lebt, in engster Beziehung zur Welt. Ich habe
lange geglaubt, dass es mir möglich wäre, diese Gestalt zu
erreichen. Jetzt nicht mehr.

Ich fahre noch etwas tiefer in den Wald hinein. Auf der anderen Seite dieses Hügels, sagt die Karte, sind die Quellen
der Ardèche. Das interessiert mich nicht mehr; ich fahre
trotzdem weiter. Und ich weiß nicht einmal mehr, wo die
Quellen sind; alles ist jetzt einander gleich. Die Landschaft
ist jetzt so sanft, so freundlich und froh, dass mir die Haut
wehtut. Ich bin mitten im Abgrund. Ich spüre meine Haut
wie eine Grenze; die Außenwelt ist das, was mich zermalmt. Heilloses Gefühl der Trennung; von nun an bin ich
ein Gefangener in mir selbst. Die sublime Verschmelzung
wird nicht stattfinden; das Lebensziel ist verfehlt. Es ist
zwei Uhr nachmittags.

Wagenbachs *andere* Taschenbücher

Luis Buñuel Objekte der Begierde
Zum 100. Geburtstag des großen Regisseurs: Was Luis Buñuel zu sagen hatte über den Surrealismus, den Film, Gott und die Welt, Martinis, Spinnen und vieles mehr.

<small>Herausgegeben von Heinrich v. Berenberg
WAT 360. Originalausgabe. 192 Seiten mit Photos</small>

Die Gegenwart der Zukunft
Die Artikelserie der ›Süddeutschen Zeitung‹ über Fragen, die uns unsere Gegenwart stellt, deren Beantwortung für das neue Jahrhundert jedoch von großer Bedeutung sein wird. Mit Beiträgen von Francis Fukuyama, Samuel P. Huntington, Neil Postman, Richard Rorty, Willibald Sauerländer, Luc Steels, Lester Thurow und anderen.

<small>Mit einem Vorwort von Klaus Podak
WAT 367. Originalausgabe. 240 Seiten</small>

Stefano Benni Komische erschrockene Krieger
Eine melancholische Satire auf das Großstadtleben im neuen Jahrtausend: »Alles ist einmal zu Ende. Die Mannschaftsaufstellungen ändern sich, die Klingelknöpfe der Haustüren auch. Papas werden weiß, Mamas wasserstoffsuperblond.«

<small>Roman. Aus dem Italienischen von Pieke Biermann
WAT 366. 228 Seiten</small>

<small>Wenn Sie *mehr* über den Verlag und seine Bücher wissen möchten: Schreiben Sie uns eine Postkarte, wir schicken Ihnen gern die *Zwiebel*, unseren Westentaschenalmanach. *Kostenlos, auf Lebenszeit!*</small>

 Verlag Klaus Wagenbach, Emser Straße 40/41, 10719 Berlin

rowohlt paperback

Helmut Krausser
Schweine und Elefanten *Roman*
(paperback 22526)
Schweine und Elefanten ist der noch ausstehende erste Teil der Hagen-Trinker-Trilogie, mit der Helmut Krausser seinen literarischen Durchbruch schaffte.

Susanna Moore
Die unzuverlässigste Sache der Welt *Roman*
(paperback 22427)
Abschied vom Haifischgott
Roman
(paperback 22328)
«Susanna Moore schreibt wie ein Engel, der ein Leben lang Dämonologie studiert hat.» *Jim Harrison*

Virginie Despentes
Die Unberührte *Roman*
(paperback 22330)
«... ausnahmsweise liegen die Trendjäger richtig, die Virginie Despentes zum absoluten *must* dieses Jahres gekürt haben.» *Le Figaro*

Sarah Khan
Gogo-Girl *Roman*
(paperback 22516)
Mit untrüglichem Sinn für Situationskomik und herzerfrischender Selbstironie fängt die Autorin unvergeßliche, wahre Szenen aus dem Leben moderner junger Menschen zwischen wilden Träumen und Perspektivlosigkeit ein. Kleine sarkastische Seitenhiebe auf Institutionen wie die «Hamburger Schule» inbegriffen.

Ray Loriga
Schlimmer geht's nicht *Roman*
(paperback 13999)

Justine Ettler
Marilyns beinah tödlicher Trip nach New York *Roman*
(paperback 22350)
«Dieser Roman fordert den Leser von Anfang an zu seinem eigenen Vergnügen heraus, stachelt und kitzelt und verursacht Schwindelgefühle.» *The Sunday Age*

Will Self
Das Ende der Beziehung *Stories*
(paperback 22418)
Den Kultstatus, den Will Self derzeit genießt, verdankt er in erster Linie seinen Stories, von denen der vorliegende Band die bedeutendsten versammelt.

Alberto Manguel
Eine Geschichte des Lesens
(paperback 22600)
«Gleichermaßen gelehrt wie tiefsinnig und geistreich. Eine wahre Schatzinsel, die wahrscheinlich schon durch den bloßen Erwerb klüger macht ... ein großes und schönes Buch.» *Die Zeit*

Literatur

Weitere Informationen in der
Rowohlt Revue oder im **Internet:**
www.rowohlt.de

rowohlt paperback

Janice Deaner
Fünf Tage, fünf Nächte *Roman*
(paperback 22666)
Zwei Fremde, eine Frau und ein Mann, besteigen in New York den Zug nach Los Angeles. Beide hüten ein Geheimnis; beide fliehen vor ihrem bisherigen Leben. Sie kommen ins Gespräch, und schon bald entwickelt sich eine Nähe zwischen ihnen.

Daniel Woodrell
John X. *Roman*
(paperback 22648)

Elfriede Jelinek
Macht nichts *Eine kleine Trilogie des Todes*
(paperback 22683)
«Im ersten Teil hat eine Täterin gesprochen, die nie eine sein wollte, im letzten Teil spricht ein Opfer, das auch nie eines sein wollte. Die Zeiten, da alle Opfer werden sein wollen, sollen ja erst noch kommen.»
Elfriede Jelinek

Toby Litt
Unterwegs mit Jack *Roman*
(paperback 22408)

Stewart O'Nan
Die Armee der Superhelden *Erzählungen*
(paperback 22675)
In diesen preisgekrönten Erzählungen entfaltet Stewart O'Nan die ganze Bandbreite menschlichen Lebens zwischen Verzweiflung und Hoffnung. «O'Nans spannendes Werk ist zum Heulen traurig und voller Schönheit, seine Sprache genau und von bestechendem Charme.»
Der Spiegel

Thor Kunkel
Das Schwarzlich-Terrarium *Roman*
(paperback 22646)
Thor Kunkels Roman vermischt Elemente der schwarzen Komödie mit Pulp-Fiction und utopisch-technischer Phantasie zu einem ebenso düsteren wie hellsichtigen Panorama der siebziger Jahre.

Dakota Hamilton
Hinter dem Horizont geht's weiter *Roman*
(paperback 22558)
«Krimi, Komödie und Liebesgeschichte – dieser Roman ist wie ein Harley-Davidson-Trip an einem sonnigen Nachmittag: ein rasanter Spaß.»
Quill & Quire

Weiter Informationen in de **Rowohlt Revue**, kostenlos in Ihrer Buchhandlung, und ir **Internet: www.rowohlt.de**

Literatur

3719/3

Romane und Erzählungen

Julian Barnes
Flauberts Papagei *Roman*
(rororo 22133)
«Dieses Buch gehört zur Gattung der Glücksfälle.»
Süddeutsche Zeitung
Briefe aus London 1990-1995
(rororo 22128)
In fünfzehn Briefen aus London erzählt Barnes von Margaret Thatcher, John Major und Tony Blair und wirft vielsagende Blicke hinter die Kulissen von Lloyd's of London und über die Mauern des Buckingham-Palasts.
«Unglaublich witzig.»
Stuttgarter Nachrichten

Andre Dubus
Sie leben jetzt in Texas *Short Stories*
(rororo 13925)
«Seine Geschichten sind bewegend und tief empfunden.» *John Irving*

Erri De Luca
Die erste Nacht nach einem Mord *Erzählungen*
(rororo 22406)
Die Asche des Lebens *Erzählung*
(rororo 22407)

Stewart O'Nan
Engel im Schnee *Roman*
(rororo 22363)
«Stewart O'Nans spannendes Erzählwerk ist zum Heulen traurig und voller Schönheit, seine Sprache genau und von bestechendem Charme. Die literarische Szene ist um einen exzellenten Erzähler reicher geworden.» *Der Spiegel*

Nicholas Shakespeare
Der Obrist und die Tänzerin *Roman*
(rororo 22619)
«Ein spannender und poetischer Roman über Gewalt, Ethik und Liebe.»
Süddeutsche Zeitung

Alexandru Vona
Die vermauterten Fenster *Roman*
(rororo 22459)
«Ein Jahrhundertwerk.»
Saarländischer Rundfunk

Daniel Douglas Wissmann
Dillingers Luftschiff *Roman*
(rororo 13923)
«Dillingers Luftschiff» ist eine romantische Liebesgeschichte und zugleich eine verrückte Komödie voll schrägem Witz, unbekümmert um die Grenzen zwischen Literatur und Unterhaltung.

Weitere Informationen in der **Rowohlt Revue**, kostenlos in Ihrer Buchhandlung oder im Internet: **www.rowohlt.de**

rororo Literatur